書下ろし

必殺剣虎《とら》伏《ぶせ》

介錯人・野晒唐十郎⑬

鳥羽 亮

祥伝社文庫

目次

第一章

介錯人《かいしゃくにん》

1

道場内に凛冽《りんれつ》の気がはりつめていた。

突如、鋭い気合が静寂を裂き、ふたつの人影が疾風のように交差し、木刀を打ち合う甲《かん》高《だか》い音がひびいた。

人影はすばやく反転し、ふたたび木刀を構え合って対峙《たいじ》した。

道場で木刀をふるっているのは本間弥次郎《ほんまやじろう》と助造《すけぞう》である。ふたりは、小宮山流居合《こみやまりゅういあい》の奥伝三勢《おくでんさんせい》のひとつ山彦《やまびこ》の稽古をしていたのだ。

小宮山流居合は、まず初伝八勢《しょでんはっせい》を学ぶ。これは、立ち居、正座、立ち膝からの抜きつけ、体捌《さば》きなどの基本の八つの技である。初伝八勢を身につけると、実戦の場で敵を斬ることを中心に編まれた中伝十勢《ちゅうでんじっせい》へと進む。中伝は前後左右、歩行中、多数の敵、相手の構えなど様々な場面と敵を想定した実戦的な十の技からなっていた。

そして、初伝と中伝を身に付けた者が奥伝三勢に進むことを許された。いわば、奥伝三勢は小宮山流居合の奥義《おうぎ》ともいえる。

ちなみに、奥伝三勢は、山彦《やまびこ》、波返《なみがえし》、霞剣《かすみけん》からなり、山彦だけが抜刀してからの技であった。

居合の稽古の場合、真剣や刃引刀で抜刀や型稽古をすることが多いが、山彦だけは抜刀後の技のため木刀や竹刀《しない》で打ち合うのである。

──助造も、腕を上げたな。

狩谷唐十郎《かりやとうじゆうろう》は道場の隅の柱に背をもたれかけ、ふたりの稽古に目をむけていた。

小半刻（三十分）ほど前まで、唐十郎は母屋にいたのだが、道場で木刀の打ち合う音がするのを耳にして足を運んできたのである。

助造の気魄《きはく》、構え、太刀捌き、間積《まづ》もりなど、師範代である弥次郎とそれほど遜色なかった。

助造は二十一歳。出自は武州箕田《ぶしゆうみだ》村の百姓の倅《せがれ》だった。唐十郎が中山道《なかせんどう》を旅したときに出会い、小宮山流居合の妙手に心酔した助造のたっての願いで門弟にしたのである。助造は江戸に出てまだ四年だが、たゆまぬ出精とそれまで小野派一刀《おのはいっとう》流を学んでいたこともあって急速に腕を上げたようだ。

「助造、もう一手まいろうか」

弥次郎が木刀を青眼に構えながら言った。

「はい」

助造はすぐに青眼に構えた。

両者の間合はおよそ三間（約五・四メートル）。ふたりとも腰の据わった隙《すき》のない構えである。

弥次郎が剣尖《けんせん》の気魄で助造を攻めておいて、スッと木刀を上げ、八相《はっそう》に構えなおした。するとと、助造も同じように八相に構えた。

つづいて、弥次郎が左足をわずかに踏み出すと、助造も左足を踏み出した。まるで、鏡に映ったような同じ動きである。

これが山彦だった。発した声が谺《こだま》するように、対峙した敵とまったく同じように構え、動くことによって、敵の戸惑いを誘い、一瞬の隙をついて斬るのである。むろん、敵の動きをただ真似《まね》るだけではない。己《おのれ》の心を鏡面のように鎮《しず》めて敵の動きをそっくりなぞることによって、敵の心の内を映しとり、敵の攻撃も読み取ることができるのだ。

つっ、つっ、と弥次郎が間をつめ始めた。同じように、助造も前に出る。ふたりの間合は一気に狭まった。

弥次郎が斬撃の間境の手前で寄り身をとめた。助造の足もとまる。

ふたりは対峙したまま動かず、気で攻めあっていたが、ふいに、弥次郎の左の肩先が沈み、全身に斬撃の気が疾《はし》った。

ヤアッ！

鋭い気合と同時に、弥次郎の木刀がするどい弧をえがいた。

八相から袈裟《けさ》へ。

間髪をいれず、助造の木刀も気合とともに袈裟へ打ち込まれた。

戛《かっ》と、木刀の乾いた音がひびき、ふたりの木刀が撥《は》ね返った。ほぼ同時に八相から袈裟に打ち込まれたふたりの木刀は、お互いの顔面ちかくで合致したのである。

刹那《せつな》、ふたりの体が背後に跳ね飛んだ。

跳びざま、ふたりは二の太刀をふるった。

弥次郎は籠手《こて》へ。

助造は胴へ。

弥次郎の切っ先が助造の籠手をとらえ、助造のそれは弥次郎の脇腹をかすめていた。むろん、ふたりとも相手を強打しないよう手の内を絞っている。

「籠手をもらいました」

助造が木刀を下ろして言った。

弥次郎の籠手は入っていたが、助造の胴は浅かったのである。真剣であれば、助造の右手は截断《せつだん》されていたが、弥次郎の脇腹はかすり傷であろう。

「いや、ほぼ互角だ」

弥次郎は手の甲で額《ひたい》の汗をぬぐいながら言った。

「いま、一手」

そう言って、助造が弥次郎の前にまわり込んだ。

だが、弥次郎は木刀を下ろしたまま顔を戸口の方へむけた。

「だれか、来たようだ」

戸口で足音がした。

姿を見せたのは、ふたりの武士だった。ふたりとも羽織袴姿で二刀を帯びていた。御家人か江戸勤番の藩士といった感じである。ふたりに、他流試合を挑むような殺気だった雰囲気はなかった。

弥次郎と助造が近付くと、

「狩谷唐十郎どのに、お会いしたいのでござるが」

そう言って、面長の初老の武士が、旗本駒田《こまだ》家の用人、矢沢助左衛門《やざわすけざえもん》と名乗った。

つづいて、脇に立っていた三十がらみの武士も、

「駒田家に仕える野須忠輔《のずただすけ》にござる」

と名乗った。眉の濃い武辺者らしい面構《つらがま》えの男だった。

「して、ご用の筋は」

弥次郎が訊いた。

「狩谷どのに、お頼みしたいことがござる」

矢沢が声を落として言った。

弥次郎が道場の隅で胡座《あぐら》をかいている唐十郎に目をやると、唐十郎は無言でちいさくうなずいた。

2

矢沢と野須は、けわしい顔で道場の床に端座した。唐十郎に何か依頼があって訪ねてきたらしいのだが、試刀や刀の目利きではないようだ。

対座した唐十郎は表情のない顔で、ふたりに目をむけていた。弥次郎と助造は、唐十郎の背後に膝を折っている。

「稽古中、恐れ入ります」

矢沢が丁寧な口調で言った。

「駒田家と言われたようだが、駒田兵庫介《ひょうごのすけ》さまでござろうか」

唐十郎が訊いた。

「さよう」

「駒田さまのような方が、貧乏道場に何の依頼でござる」

駒田兵庫介は五千石の大身の旗本である。しかも、御側衆《おそばしゅう》という将軍に近侍する要職にあるはずだった。

「介錯《かいしゃく》をお願いしたい」

矢沢が眉宇《びう》を寄せて言った。脇に座した野須も、けわしい表情で唐十郎を見つめている。

切腹の介錯を頼みたいというのだ。

唐十郎は道場主というよりは、市井《しせい》の試刀家であった。仕事は、大身の旗本や藩邸などに依頼されて刀槍の利鈍を試すことがほとんどだった。ただ、唐十郎は試刀や刀の目利きの他に頼まれれば切腹の介錯から、討手、敵討《かたきう》ちの助太刀まで、町方に追われる恐れのない仕事なら何でも引き受けていた。

「腹を召すのは、どなたでござろうか」

唐十郎が訊いた。

う。

「家士の赤松甚三郎《あかまつじんざぶろう》にござる」

　矢沢によると、赤松は江戸市中で辻斬りをおこない、通りかかった武士を斬ったとい
　どうやら町方には知らせず、駒田家で内済にしたいらしい。

「なぜ、ここに？　家中にも、腕に覚えの者がおられよう」

　唐十郎は野須に目をむけて訊いた。

　野須は厚い胸をし、首や腕が太かった。腰もどっしりと据わっている。座した姿にも隙がなかった。唐十郎は野須と対座したときから、この男の体は武芸で鍛《きた》えたものだと見ていたのだ。

「それがし、さるお方から狩谷どののことを耳にし、ここにおられる矢沢さまにお話ししたのでござる」

　野須が矢沢に目をやりながら言うと、すぐに矢沢が、

「それがしから殿に言上したところ、ぜひ狩谷どのにお頼みするよう仰《おお》せつかり、こうしてふたりで参ったのでござる」

　と、言い添えた。

「さるお方とは？」

「本郷《ほんごう》に住まわれている横尾直次郎《よこおなおじろう》どのでござる」

野須が言った。

「横尾……。神道無念流《しんとうむねんりゅう》の？」

「いかさま。それがし、若いころ練兵館《れんぺいかん》で同門だったのでござる」

練兵館は斎藤弥九郎《さいとうやくろう》のひらいた神道無念流の道場である。練兵館は千葉周作《ちばしゅうさく》の北辰《ほくしん》一刀流の玄武館《げんぶかん》、桃井春蔵《もものいしゅんぞう》の鏡新明智流《きょうしんめいちりゅう》の士学館《しがくかん》とともに、幕末の三大道場と謳《うた》われ、多くの門人を集めていた。

横尾はまだ唐十郎の父親の重右衛門《じゅうえもん》が生きていたころ、狩谷道場にも通っていたことがあり、唐十郎とも面識があったのだ。ただ、ここ五年ほど親交はなく、顔を合わせたこともなかった。

「横尾どのは、出仕されたと聞いているが」

横尾家は百俵五人扶持の御家人だった。横尾は練兵館をやめてから父親の跡を継いで御《お》徒目付《かちめつけ》に就《つ》いているはずである。

「徒目付になられて、五年ほどになりましょうか」

「そうか……」

唐十郎はつぶやいて、視線を膝先に落とした。特に、横尾の消息に関心があったわけではない。

　唐十郎が口をとじると、

「狩谷どの、お頼みもうす」

　脇から矢沢が訴えるような口調で言った。

「承知した」

　唐十郎は顔を上げて答えた。介錯を断る理由はなかった。それに、町方の探索を受ける恐れもなさそうである。

「かたじけない」

　矢沢が安堵したような表情を浮かべた。

「ただ、これなるふたりを介添え人として同道したいが」

　唐十郎は弥次郎と助造を駒田邸へ連れていくつもりだった。気心の知れた介添え人が必要だったし、それに弥次郎と助造にも相応の金を渡したかったのだ。

　このところ、試刀や刀の目利きの依頼がなく、唐十郎のふところは寂しかった。弥次郎と助造も同じように困っているはずである。

「そうしていただければ、こちらとしてもありがたい」

　矢沢は脇にいる野須と顔を見合わせてうなずいた。そして、ふところから財布を取り出

すと、

「些少《さしょう》だが、手付け金でござる」

と言って、十両を唐十郎の膝先に置いた。

「それで、いつ、お屋敷へうかがえば？」

唐十郎は、金をふところにしまってから訊いた。

「三日後の四ツ（午前十時）に、お願いしたい」

矢沢が言った。どうやら、切腹の日時まで決めてきたようである。あるいは、唐十郎が断れば、別人が介錯をすることになっていたのかもしれない。

話はそれだけだった。矢沢は、もう一度、三日後の四ツに、と念を押してから、腰を上げた。野須も唐十郎に一礼すると、すぐに立ち上がった。


その日は曇天だった。厚い雲が上空をおおっている。雪でも降ってきそうな気配だが、無風のせいか、それほど寒くはなかった。

唐十郎は愛刀、備前一文字祐広《びぜんいちもんじすけひろ》を腰に差して道場を出た。介錯刀として遣《つか》うつもりだった。祐広は刀身二尺一寸七分と定寸より短くつめてある。居合は片手業《かたてわざ》が多く、しかも一瞬の身の変転と激しい太刀捌《さば》きが要求されることから短く軽い刀が用いられるのである。

祐広は父重右衛門の形見で、斬れ味の鋭い実戦用の刀であった。

助造は小袖に袴《はかま》姿で、二刀を帯びていた。江戸に来てから武士らしい身拵《みごしら》えで暮らしていたのである。

五ツ（午前八時）ごろだった。唐十郎と助造は松永《まつなが》町にある道場を出ると、神田《かんだ》川沿いの道へ出た。これから、駒田邸へむかうのである。

駒田邸は神田小川《おがわ》町にあった。神田川沿いに道を西にむかい、昌平《しょうへい》橋を渡れば小川町へ出られる。

途中、弥次郎が待っていた。羽織袴姿で二刀を帯びている。

弥次郎の家は松永町の隣町の相生《あいおい》町にあった。弥次郎は四十半《なか》ばで、りつという妻女と琴江《ことえ》という娘がいた。表向きは狩谷道場の師範代ということになっていたが、唐十郎とともに試刀や介錯の介添えなどで口を糊《のり》していたのである。

「待たせたかな」

唐十郎が声をかけた。

「いえ、さきほど来たばかりで」

そう言って、弥次郎は唐十郎の後に跟《つ》いてきた。

曇天のせいか、川沿いの道に人影はすくなかった。風呂敷包みを背負った行商人ふうの男やぼてふりなどが、背を丸くして足早に通り過ぎていく。

小川町に入って、旗本や大名屋敷などのつづく通りをしばらく歩いたとき、弥次郎が路傍に足をとめて、

「若先生、あれが、駒田さまのお屋敷です」

と言って、前方の屋敷を指差した。弥次郎は父の代からの門弟で、いまだに唐十郎のことを若先生と呼んでいる。

3

五千石の大身の旗本にふさわしい豪壮な長屋門だった。表御門の棟の先には殿舎や家臣の住む長屋などが連なっていた。

唐十郎が門番に名を告げると、話はとおしてあるらしく、門番がすぐに矢沢と野須を連れてもどってきた。ふたりは三人の若党らしき侍を従えていた。おそらく、矢沢は家老格の用人なのであろう。

「狩谷どの、お待ちしておりました」

矢沢はすぐに玄関脇の客間に唐十郎たちを案内しようとしたが、

「先に、切腹の場を見ておきたい」

唐十郎は、そう言って断った。

すでに、四ッちかいはずだった。堅苦しい屋敷内にいるより、屋外で待ちたかったのである。

矢沢が唐十郎たちを連れていったのは、殿様御殿の脇の中庭だった。狭いが松や紅葉などのなかに庭石と泉水が配してあった。その庭の一角に切腹場が用意され、中間《ちゅうげん》や若党などが箒《ほうき》を使って砂を掃《は》いたり、床几《しょうぎ》を並べたりしていた。

切腹場は三方に白木綿《もめん》の幕が張られ、撒《ま》かれた砂の上に白布をかけられた縁無し畳が二畳敷かれていた。正面に白紙の屏風が立てられ、その先に当主や家臣用と思われる床几が並べられている。

「これならば、心安らかに腹を召《め》すことができましょう」

唐十郎は切腹場を見まわして言った。

切腹者に対し、武士として相応の礼をつくした場が設営してあった。赤松は家士ということだったが、百俵前後は喰《は》む騎士格の家臣だったのかもしれない。

「しばし、お待ちを」

そう言い置いて、矢沢たちはその場から御殿の方へもどった。

白幕のそばで、いっとき待つと、十数人の武士が姿を見せ、並べられた床几に腰を下ろした。真ん中の床几に腰を下ろしたのが、当主の駒田兵庫介らしい。小紋の裃《かみしも》に拵《こしら》えのいい脇差を帯びていた。四十半ばであろうか。恰幅《かっぷく》のいい、丸顔の男だった。大身の旗本らしい貫禄がある。かたわらに、矢沢と野須の姿もあった。

「そろそろだな」

唐十郎は羽織を脱ぎ、脇にいた助造に手渡した。

すばやく細紐《ほそひも》で襷《たすき》をかけ、袴の股立《ももだち》を取った。介錯の支度を整えたのである。介添え役の弥次郎は白幕の裏に用意されていた手桶と柄杓《ひしゃく》を運び、唐十郎のそばに控えた。助造は白幕のそばまで退《しりぞ》いている。

いっときすると、白幕の間から五人の武士が姿をあらわした。五人のなかに白装束の武士がいた。切腹する赤松らしい。面長で顎《あご》のとがった男だった。顔がこわばり、目がつり上がっている。

赤松の前後にふたりずつ、羽織袴の武士が付き添っていた。当家の家臣であろう。

赤松は切腹場の隅に立っている唐十郎の姿を目にすると、足をとめて唐十郎を見つめた。恐怖と憤怒《ふんぬ》に顔がゆがんでいる。切腹に臨み、抑えていた感情が胸に衝《つ》き上げてきたのであろう。

なかなか動き出さない赤松に、背後に付き添った初老の武士が、

「赤松どの、潔《いさぎよ》うなされ」

と、小声でうながした。

すると、赤松はすこしずつ切腹場に近寄ってきた。白の肩衣《かたぎぬ》が、小刻みに揺れている。体が顫《ふる》えているのだ。切腹の覚悟はついていないようだ。

「弥次郎、散らすやも知れぬな」

唐十郎が背後に控えている弥次郎に言った。

散らす、とは血を散らすという意味である。切腹者に覚悟がなかったり、恐怖に襲われたりして、体が激しく揺れると、うまく首が落とせないことがある。その場合、二の太刀をふるって首を斬らねばならない。狂乱して、暴れるようなことにでもなれば、何人かで押さえつけて押し斬りに首を落とすことになる。そうなると、切腹場はむろんのこと、介錯人や介添え人は血まみれになるのだ。

「様子を見て、わたしが体を押さえましょう」

弥次郎が小声で応じた。

赤松は付き添い人に肩を押され、やっとのことで白布のかかった畳の上に座した。見ると、体が激しく顫えて腰が浮き、とがった顎がガクガクと上下していた。それでも、その

場から逃げ出す気はないらしかった。

ひとりの武士が、三方《さんぽう》に奉書紙に包んだ短刀を載せて運んできた。定法通りの白鞘の九寸五分の短刀である。

武士は赤松の膝先に三方を置くと、唐十郎に目礼して退いた。

唐十郎は祐広を抜き、刀身を弥次郎の前に差し出した。すかさず、弥次郎が手桶の水を柄杓で汲んで刀身にかける。

水は刀身をつたい、切っ先から一筋の糸になって落ちる。

「狩谷唐十郎にござる。これなるは、備前住人、一文字祐広が鍛《きた》えし二尺一寸七分の業物《わざもの》にございます。……介錯つかまつります」

唐十郎は静かな声音《こわね》で言った。

すると、赤松は唐十郎に憎悪の目をむけ、

「こ、駒田に、金で買われた犬め。うぬも、虎の餌食《えじき》になるがいい……」

と、声を震わせて言った。

「虎とは」

思わず、唐十郎が訊いた。虎という言葉が奇異だったのだ。それに、ただの世迷《よま》い言とも思えなかった。

「い、いずれ分かる」

言いざま、赤松は両手で無紋の肩衣を荒々しく撥ね上げると、白小袖の襟をつかんでひろげ、腹をあらわにした。

すかさず、唐十郎が祐広を八相に振りかぶった。全身に剣気がみなぎり、その白皙《はくせき》に朱がさしたが、表情は動かなかった。

赤松の顔はひき攣《つ》っていた。全身が激しく顫えている。ふいに、赤松が三方の短刀を手にし、低い唸《うな》るような声を洩らして腹に短刀を突き立てようとした。

刹那《せつな》、かすかな刃唸りがし、唐十郎の手にした祐広が一閃した。

にぶい骨音がし、赤松の首が前に垂れ下がった。次の瞬間、赤松の首根から血が赤い帯のように奔騰《ほんとう》した。

見事な斬首である。喉皮一枚を残して、首を落としたのだ。

赤松は上体を前にかしげ、己の首を抱くような格好のまま血を噴き出させていた。三度勢いよく噴出した血は急に勢いを衰えさせ、ダラダラと流れ落ちるだけになった。

切腹場はしわぶきひとつ聞こえなかった。凄絶な斬首に息を呑み、首のない赤松の死体を見つめていた。切腹場は水を打ったような静寂と血の濃臭につつまれている。畳をおおった白布に飛び散った血が、赤い花叢《はなむら》のように首のない赤松の体をつつんでいる。

「若先生、雪です」

弥次郎が上空を見上げて言った。

「初雪か……」

ちいさな白い花弁のような雪が、暗く重い雲から落ちてくる。赤松の死体や血に染まった白布の上にも、雪は舞い降りてきた。

4

唐十郎たちは奥の書院に通され、酒肴《しゅこう》の接待を受けた。矢沢と野須にくわえ、当主の駒田も姿を見せた。

「狩谷、みごとな介錯であったな」

駒田が口元に微笑を浮かべて言った。

艶《つや》のある丸顔で目が細く、鼻筋が通っている。おだやかそうな顔容《かんばせ》だが、唐十郎を見つめた目には、能吏《のうり》らしい鋭いひかりがあった。

「恐れ入ります」

唐十郎は表情のない顔で小声で応えた。

「居合を遣うそうだな」

そう言って、駒田は唐十郎に目をむけたが、

「実はな、そちにおりいって頼みがあるのだ」

と、声をあらためて言った。口元の微笑が消えている。

「介錯も頼みたかったのだが、そちの腕もこの目で見たいと思ってな。此度《こたび》の仕置を頼んだのだ」

そこまで話すと、駒田はかたわらに座している矢沢に顔をむけて目配せした。子細は矢沢に話させるつもりらしい。

「では、それがしから」

矢沢が、身を乗り出すようにして言った。

「狩谷道場を訪ねたおり、赤松は通りかかった武士を斬ったと申したが、実は当家の室井《むろい》新兵衛《しんべえ》なる者を斬ったのでござる。赤松には辻斬りの仲間がおり、室井だけでなく他の武士も手にかけたようです」

「辻斬りの仲間ともうされると」

唐十郎が訊いた。赤松は駒田家の家士である。牢人《ろうにん》とはちがうのだ。

「それが、誅殺《ちゅうさつ》組らしいのです」

矢沢が顔をしかめた。

「誅殺組……」

唐十郎は誅殺組の名を聞いていた。もっとも巷《ちまた》の噂《うわさ》である。ちかごろ、誅殺組と名乗る辻斬りが江戸市中に出没し、幕臣ばかりを襲う事件が起こっていた。噂では幕府に不満を持つ無頼牢人や脱藩した浪士ではないかといわれていた。

「それに、赤松たちに斬られた者のなかに、勘定吟味方《かんじようぎんみがた》改役《あらためやく》の武川《たけかわ》紀一郎《きいちろう》さまもいるのです」

矢沢が顔をけわしくして言った。

「そのようなお方まで」

どうやら、赤松はただの辻斬りではないようだ。辻斬りが同じ家に奉公している者を間違えて斬るはずはなかった。それに、武川には供の者がいたはずである。その武川を斬ったとなると、辻斬りというより暗殺とみた方がいいだろう。

「それで、狩谷どのに、赤松の仲間である辻斬り一味を成敗してもらいたいのだ」

「誅殺組を」

「さよう」

駒田が脇から言った。

「恐れながら……。そのような賊の捕縛は町方の仕事ではございませぬか」

幕臣のかかわった事件で町方の支配外なら、御目付《おめつけ》や御徒目付がいるだろう。御側衆の要職にある駒田家が手を出すようなことではないだろう。

「そこもとが不審をいだくのは、もっともでござる。実は、これにはわけがござってな」

そう言って、矢沢が話し出した。

殺された勘定吟味方改役の武川は、御目付杉浦尚之助《すぎうらしようのすけ》に協力し、御作事奉行《おさくじ》岸山作左衛門《きしやまさくざえもん》の不正を探っていたという。その武川が辻斬りに斬られたことを知った駒田は、家臣の室井と野須に、御目付の指図にしたがって辻斬りを探索するよう命じたそうである。

「駒田さまが、なにゆえ辻斬りの探索を命じられたのです」

唐十郎は当人を前にして訊きづらかったが、あえて口にした。

「もっともな疑念じゃな。わしは以前から勘定吟味役の世良《せら》と昵懇《じつこん》でな。作事奉行の件も事前に相談を受けた経緯があるのだ」

駒田が言った。

駒田によると、世良重四郎《じゆうしろう》は武川の上司で、岸山の件を探るように命じた本人とのことだった。

「そして、武川を斬殺した辻斬りを探索していた室井が殺されたのでござる。……探索を阻止しようとする者たちの手にかかったとみねばなりますまい」

矢沢がそう言うと、それまで脇に座っていた野須が、

「それから先は、拙者から」

と言って、話を引き取った。

「拙者と室井が江戸市中で、辻斬りのことを調べ始めてまもなくでござった。その夜にかぎり拙者と室井は別行動を取ったのだが、柳原《やなぎわら》通りで室井は何者かに斬られたのです。……われらが探索を始めてすぐだったことや室井がひとりになったときに狙われたことなどを考え、拙者はわれらのことが、辻斬り一味に洩れているのではないかとの疑いを持ったのです。そこで、拙者は屋敷の者に柳原通りへ辻斬りの探索に行くとことわってから、屋敷の裏門を見張ったのです」

野須がそうした行動を取るようになって三日目の晩、赤松が人目を忍ぶようにして裏門から出たという。

野須はすぐに赤松の跡を尾けた。すると、赤松は神田須田《すだ》町の通りで牢人体《てい》の男と会い、その足で柳原通りへむかった。

「跡を尾けると、赤松と牢人体の男は、柳原通りの柳の陰に身を隠し、拙者が通りかかるのを待っているふうだったのです」

野須は屋敷に引き返し、すぐにこのことを矢沢に伝えた。

野須と矢沢がひそかに赤松の住む長屋を調べると、血に染まった赤松の小袖と二十余両の大金が隠してあった。

「このことから、拙者と矢沢さまで赤松を追及しました。すると、仲間と室井を襲ったことを認めたのです」

「なにゆえ、赤松は室井どのを狙ったのです」

唐十郎が訊いた。

「島根《しまね》なる男に、室井と拙者の始末を金で頼まれたと白状いたしました」

「島根という男は？」

「神田須田町で会った牢人のようです。赤松によると、須田町の飲み屋で知り合ったとか」

そう言って、野須は矢沢に目をやった。矢沢はちいさくうなずいただけである。

「島根の所在は？」

野須の話から推《お》して、須田町に塒《ねぐら》がありそうである。

「須田町を調べました。島根が住んでいた借家は見つかったのですが、もぬけの殻でした。赤松が捕らえられたことを察知し、姿を消してしまったものと思われます」

野須が無念そうな顔で言った。

「赤松の話から他に知れたことは」

「誅殺組のなかには腕のいい仲間が数人いるらしく、赤松は、おれを殺せば、拙者だけでなく矢沢さまや殿のお命まで奪うとうそぶいておりました」

「駒田さまのお命まで……」

苦しまぎれに言ったのだろうが、駒田家としては放置できないだろう。

それにしても、誅殺組はどのような集団であろうか。無宿人や無頼牢人の類《たぐい》ではないようだ。狙いは腕試しや金品を奪うことではないらしい。御作事奉行である岸山の不正の露見を阻止しようとして、武川や室井を斬ったようである。

――作事奉行に雇われた者たちであろうか。

唐十郎は、そうとも思えなかった。御作事奉行が我が身を守るためとはいえ、そこまでやるとは思えなかったのである。

「赤松が屠腹《とふく》前に、虎と口にしましたが」

唐十郎が訊いた。赤松が、虎の餌食になるがいいと言ったことが、気になっていたのである。

「誅殺組のなかに虎と呼ばれ、恐れられている男がいるらしいのです。赤松も、正体は知らなかったようです」

野須が声を低くして言った。双眸が強いひかりを帯びていた。野須も、容易ならぬ相手であることは察しているらしい。

「それにしても虎とは妙だ」

名とも思えなかった。風貌や顔付きに虎を思わせるものがあるのであろうか。

「それがしにも、見当がつきませんが」

「うむ……」

唐十郎が思案するように視線を落とすと、

「狩谷どの、一味の始末に手を貸していただけまいか。当然、相応の礼は差し上げるつもりでいるが」

矢沢の声には、切願するようなひびきがあった。

唐十郎は迷った。ただ、辻斬りを始末するだけではすまない。誅殺組の正体は不明だが、相手は武士集団であり、下手をすると幕府の勢力争いの渦中に巻き込まれる恐れもあった。唐十郎は、御作事奉行だけでなく駒田家や幕府の勘定方に敵対するような勢力が誅殺組の背後にひそんでいるような気がしたのである。

「狩谷どのお願いいたす。室井の敵を討つためにも、一味を討ちたいのでござる」

野須が絞り出すような声で言って頭を下げた。

唐十郎はかたわらに座している弥次郎に目をやった。引き受けるとなると、弥次郎もいっしょということになる。

弥次郎は無言でちいさくうなずいた。わたしは、受けてもかまいません、と答えているのである。これまでも、唐十郎と弥次郎は旗本や大名の依頼を受けて、脱藩者、謀反人、不始末をしでかした家臣の始末などを引き受けていたのだ。

「われらは、誅殺組の始末に手を貸すだけでござるが」

唐十郎は、町方のように誅殺組の探索をするつもりはなかった。それに、相手は腕のいい武士集団のようなのだ。唐十郎たちだけでは、手に負えないだろう。

「結構でござる」

矢沢が安堵したように言った。

すると、上座で唐十郎たちのやり取りを聞いていた駒田が、

「狩谷、頼むぞ」

と、念を押すように言った。

「心得ました」

唐十郎が低頭すると、弥次郎と助造がつづいて頭を下げた。

その日、唐十郎は矢沢から百両の金を渡された。赤松の介錯の礼と誅殺組を始末する前金だという。

「むろん、一味を討ち果たせば、相応のお礼はするつもりでござる」

矢沢は、そう言い添えた。

百両の金のうち助造に二十両渡し、唐十郎と弥次郎とで四十両ずつ分けた。二十両手にした助造は、

「おらに、こんな大金を！」

思わず百姓言葉になって目を剝《む》いた。

5

唐十郎は、陽が西の空にまわってから狩谷道場を出た。弥次郎たちと駒田邸に出かけた翌日である。昨日の雪は昼ごろに溶け、通りの地面が黒く湿っていた。雪は地面や枯れ草の上に薄い白絹をかけたように積もっただけだったので、陽射しを浴びてすぐに溶けてしまったのだ。

唐十郎は同じ松永町にある『亀屋《かめや》』というそば屋に行くつもりだった。亀屋は貉《むじな》の弐平《にへい》

という岡っ引きが、女房のお松《まつ》にやらせている店である。
弐平は猪首《いくび》で短軀《たんく》、眉の濃い、ギョロリとした目をしていた。風貌が狢に似ていること
から、そう呼ばれていたのである。
唐十郎は面倒な仕事を依頼されたとき、探索や調査を弐平に頼むことがあった。それと
いうのも、討手や敵討ちなど相手の言い分を鵜呑《うの》みにして斬ると、逆恨みをされたり、下
手をすると町方の探索を受けたりすることがあるからである。
弐平は金にうるさいのが難点だが、岡っ引きとしての腕はよかった。
亀屋の店先に暖簾《のれん》が下がり、店内から話し声が聞こえた。客がいるらしい。唐十郎は暖
簾を分けて店に入った。
「旦那、いらっしゃい」
店内にいたお松が、愛想のいい声をかけてきた。
お松はまだ二十歳《はたち》そこそこだった。黒襟のついた格子縞《じま》の着物に赤い片襷《かただすき》をかけてい
る。色白で豊満な体が、なんとも色っぽい。四十を過ぎている弐平には、若過ぎる女房で
ある。弐平が金にうるさいのは、お松のせいでもある。お松は派手好みで、弐平の稼いだ
金の多くは、お松の着物や櫛《くし》、簪《かんざし》などに浪費されているのだ。
「弐平はいるかな」

「うちの人は、板場にいますよ。すぐ、呼んできますから」

そう言い残すと、お松は尻をふりふり板場へ入った。

そのお松と入れ替わるように、弐平が顔を出した。片襷をかけ、前だれをかけていた。

そばの仕込みでもしていたらしく、手に白い粉がついていた。

「ヘッヘヘ……。旦那、お久し振りで」

弐平は上目遣いに唐十郎を見ながら、近くの飯台に腰を下ろした。

「そばを、もらおうか」

唐十郎も腰も下ろした。

「わざわざ、そばを食いに来たわけじゃァねえでしょう」

弐平が唐十郎の腹の内を覗《のぞ》くような目をして訊いた。

「頼みたいことがあってな」

「そうだと思いやしたぜ」

弐平はそう言うと、急に立ち上がり、板場の方へ顔をむけて、

「お松、旦那にそばを頼むぜ。酒も一本つけてくれ」

と、声をかけた。目がひかっている。金の臭いを嗅《か》ぎつけた顔である。

「弐平、お上の仕事はどうなのだ」

唐十郎が訊いた。

「そりゃァもう、この騒がしいご時世だ。体がいくつあっても、足りねえほどでして」

弐平がもっともらしい顔をして言った。

たしかに、弐平の言うとおり、このところ江戸の町は騒がしかった。ペリーに率いられた四隻の黒船が浦賀《うらが》に来航したのをはじめとして、相次ぐ外国船の来航で幕府はその対応に揺れていた。幕府だけでなく、諸藩も外国船に対する防備や藩政の改革などで激動していた。さらに、尊皇攘夷論《そんのうじょうい》などの台頭により国の行く末を憂慮する脱藩浪士などが増え、幕藩体制も揺らいで、日本中が騒然としていたのである。

そうした落ち着きのない世情のせいか、辻斬り、追剝《おいは》ぎ、押し込みなどの犯罪が多発し、町方もその捕縛におわれていた。

誅殺組もそうした者たちが徒党を組んで幕臣を襲っているとみられていたが、どうもそれだけではなさそうだった。背後に、御作事奉行の不正にからんだ幕閣の勢力争いがありそうである。

「いそがしければ、他に頼むが」

唐十郎が小声で言った。ただ、弐平が店の手伝いをしていたところを見ると、事件の探索に当たっているとは思えなかった。

「あっしは、どんな無理をしても旦那の頼みなら嫌とは言わねえ」

弐平が顎を突き出すようにして言った。

「そうか。ところで、弐平は柳原通りでちかごろ辻斬りがあったのを知っているか」

「へい、辻斬りなんぞ、めずらしくもありませんがね」

「誅殺組のことは？」

「噂だけは聞いてやすよ」

弐平の顔に警戒するような色が浮いた。相手が誅殺組と聞いて、厄介《やっかい》で危険な仕事だと思ったようだ。

「誅殺組のことで調べてもらいたいのだ」

唐十郎は駒田家で辻斬りにかかわった咎《とが》で、赤松という家士の切腹の介錯をしたことをかいつまんで話した。

「するってえと、旦那は五千石のお旗本に頼まれたわけで」

弐平が目を剝いた。

「まァ、そうだ」

「ずいぶん入ったんでしょうな」

弐平が目尻を下げて、唐十郎を上目遣いに見ながら、それに相手は泣く子も黙る誅殺組らしい、と言い添えた。

「だめか」

「やりやすよ。旦那のためだったら、何でもやるって言ったでしょうが」

弐平は憮然とした顔で言った。よく顔色の変わる男である。

「では、頼む」

「旦那、これでどうです」

弐平が、唐十郎の鼻先にひらいた手を突き出した。

「五分か」

「旦那、吝《しわ》いことを言うと嫌われますぜ。相手が五千石の旗本となりゃァ、百や二百は旦那のふところに入ってるはずなんだ。十両と言いてえとこだが、半分で我慢してるんですぜ」

弐平がむきになって言った。

「五両か。まァ、いそがしい弐平親分の手をわずらわせるんだから、仕方がないな」

唐十郎は初めから五両と分かっていたのだが、からかってみたのである。

「手を出せ」

そう言って、唐十郎は弐平に手を出させ、五両の金を載せてやった。

すると、弐平はニヤリとして小判を握りしめ、

「お松、旦那にてんぷらもつけてやってくれ」

と、板場にむかって声を上げた。

6

唐十郎が亀屋を出て道場の方へ歩きかけると、慌てた様子でやってくる助造の姿が見えた。

助造は唐十郎の姿を目にすると小走りになった。どうやら、唐十郎に用があるらしい。道場を出るとき、助造に亀屋に行くと言い置いてきたので迎えにきたのだろう。

「お師匠、来客です」

助造が荒い息を吐きながら言った。

「だれかな」

「野須どのと、他に三人の方が」

「会ってみよう」

野須とは、昨日駒田邸で会ったばかりである。

道場にもどると、弥次郎が来客四人と話していた。三十がらみの武士がふたり、まだ前髪姿の武家の少年がひとり。もうひとりは十五、六と思われる武家の娘だった。

三十がらみの武士は野須と御徒目付の横尾直次郎だった。前髪姿の少年と武家の娘は初めて見る顔である。ふたりは姉弟《きょうだい》であろうか。面長で鼻筋の通った顔立ちがよく似ていた。ふたりの顔は蒼《あお》ざめ、思いつめたような表情があった。

唐十郎が対座すると、

「狩谷、久し振りだな」

と、横尾がくぐもった声で言った。横尾の浅黒い顔は、以前見たときより痩《や》せて肉を削《そ》ぎ落としたように頬がこけていた。ただ、眼光は鋭さを増し、剽悍《ひょうかん》そうな面構えに凄味《すごみ》さえ感じられた。

横尾によると、御目付の杉浦に命じられて御作事奉行、岸山の不正の探索をしているという。そうしたこともあって杉浦とともに駒田邸を訪問し、野須と再会して唐十郎のことを話したそうである。

「五年振りだな」

「野晒《のざらし》と呼ばれているそうだな。おぬしの噂は耳にしているよ」

横尾の口元に笑いが浮いた。

横尾の言うとおり、唐十郎には野晒という異名があった。唐十郎の家の庭には斬殺した者の供養のために無数の石仏が立っていたが、手入れしない庭は荒れ放題だった。枯れ草におおわれた石仏は野晒し状態で、荒涼とした光景である。

唐十郎の野晒という異名はその石仏からきていたが、荒れ野をさまようように生きる唐十郎自身の姿でもあった。

「そうか」

唐十郎は表情のない顔で言い、野須の脇に身を硬くして端座している少年と娘に目をやった。

すると、横尾がふたりに目をやりながら、

「このふたりは、殺された武川さまの遺児だ」

と、紹介した。赤松たちに殺害された勘定吟味方改役、武川紀一郎の遺児らしい。

「ふさと申します」

娘が細い声で言って頭を下げると、

「小四郎《こしろう》にございます」

と、少年が声を震わせて言った。

つづいて横尾が、

「ふたりは、武川さまの無念を晴らしたいというのだ」

と、顔をけわしくして言い添えた。

親の敵《かたき》を討ちたいということらしい。それにしても、ひ弱そうな娘とまだ十歳前後と思われる元服前の少年に、敵討ちができようか。まだ、敵がだれなのかも分かっていないのである。

「狩谷さま、ご助勢のほどを……」

ふさが絞り出すような声で言って低頭すると、小四郎も同じように頭を下げた。

唐十郎は何とも答えられなかった。ふたりの思いつめたような顔を見ていると、無理だとは言えなかったのである。弥次郎と助造も、驚いたような顔をしてふたりに目をむけていた。

「狩谷、われらもふたりに助勢するつもりでいる。なんとか、力を貸してやってくれ。これは、世良さまの要望でもあるのだ」

横尾が言うと、かたわらに座していた野須も、なにとぞ、お力添えを、と言って頭を下げた。

どうやら、横尾と野須は姉弟に敵を討たせるつもりで、ここに連れてきたらしい。当然、駒田や杉浦もこのことは承知しているのだろう。

横尾によると、小四郎はまだ武川家を継いでおらず、敵を討たねば以前の家禄を継承するのはむずかしいだろうという。そのためもあって、何とか敵を討ちたいらしい。

——厄介なことになったな。

と、唐十郎は思った。

敵討ちとなると、誅殺組の者を闇雲に斬るわけにはいかなくなる。すくなくとも、武川を斬った者をつきとめ、姉弟に一太刀なりとも浴びせさせなければならない。

唐十郎が黙っていると、

「武川さまを斬った下手人はわれらがつきとめる。狩谷は敵討ちのことを念頭におき、その場の状況に応じて助勢してくれればいい」

横尾が言い添えた。

どうやら、横尾たちが姉弟を助けて敵を討たせてやるつもりらしい。唐十郎たちには、そのことを含んで協力して欲しいということのようだ。

「承知した」

唐十郎は、その程度のことならできるだろうと思った。

「狩谷さま」

ふさが、唐十郎を見つめて言った。

「ふさと小四郎は、剣の心得がありませぬ。剣術の手解《ほど》きをお願いしとうございます」

　ふさの顔は蒼ざめていたが、目には娘とは思えぬ強いひかりがあった。小四郎も眦《まなじり》を決したような顔で唐十郎を見つめている。このこともあって、姉弟は野須たちと同道して道場へ来たらしい。

「できぬな」

　唐十郎は素っ気なく答えた。

　無駄だと思った。剣の心得のない娘と少年がどんなに出精したとしても、人を斬れるようになるだけでも数年はかかるだろう。駒田や杉浦にしても、それまで誅殺組の始末を待ってはくれないだろうし、唐十郎もそこまで付き合う気などさらさらなかった。

　弥次郎と助造も困惑したような顔をして、姉妹に目をやっている。

「なに、敵に一太刀でも浴びせられるようになればいいのだ」

　横尾が口をはさんだ。横尾も剣の遣い手だけあって、姉弟が敵を討つだけの剣を身につけるのは容易でないと分かっているのだ。

「手解きはせぬが、道場を使うのは勝手だ」

　唐十郎が言った。

「そうしてくれ」

横尾は苦笑いを浮かべた。

「ところで、横尾、虎と呼ばれている男を知っているか」

唐十郎が、声をあらためて訊いた。

「誅殺組にそう呼ばれている男がいると耳にしたことはあるが、それ以上のことは知らぬ」

横尾が低い声で言った。剣客らしく双眸がひかっている。横尾も、虎と呼ばれる男がただ者ではないと思っているようだ。

7

——見てはおれん。

唐十郎は胸の内でつぶやいた。

ふさと小四郎が、白鉢巻きと白襷という勇ましい格好で木刀を振っていた。手解きをしているのは、助造である。当初、助造もふたりの稽古を見ているだけだったが、木刀を振るのさえままならないふたりの稽古振りを見兼ねて手解きをするようになったらしい。

助造はひどく真剣だった。一生懸命ふたりに教えている。助造は情にほだされる性格だったので、ひ弱な姉弟が父の敵を討とうと必死になっている姿に心を打たれたのかもしれない。

だが、ふさも小四郎も木刀さえまともに振れなかった。腰が引け、顎《あご》が前に突き出ている。足捌《さば》きもできず、手だけで振っている。

唐十郎はいっとき三人の稽古の様子を見ていたが、両手を突き上げて伸びをすると、ひとり道場を出ていった。

行き先は、神田佐久間《さくま》町にある料理屋『つる源《げん》』である。そこに、吉乃《よしの》という芸者がいた。吉乃はつる源の抱えの芸者で、唐十郎とは四年越しの馴染みだった。

唐十郎はふところが暖かかったこともあり、久し振りで吉乃を抱こうと思ったのだ。

暖簾をくぐると顔馴染みの女中が、奥座敷に案内してくれた。

すぐに姿を見せた吉乃は、

「嬉しい、やっと来てくれた」

そう言って、唐十郎の胸に肩先をあずけるように座った。

吉乃は二十歳を過ぎた年増だが、しっとりと吸い付くような白い肌をしていた。すでに酒を飲んでいるらしく、色白の頬や首筋がほんのりと朱に染まっている。

唐十郎は女中の運んできた酒をいっとき飲むと、腕を吉乃の胸元にまわした。

その手を吉野はそっとつかみ、

「どうして来てくれなかったんですよ」

と、すねたように言った。

「人を斬るのが、いそがしくてな」

唐十郎は手を吉乃の襟元へ入れ、指先で乳房をまさぐった。

吉乃はくずれるように肩先を唐十郎の胸にあずけながら、なすがままになっている。

「あ、あたしの、熱い胸も切ってくださいな」

吉乃は鼻声で言い、耐えられなくなったように両腕を唐十郎の首にまわしてしがみついてきた。

「よし、スッパリ切ってやろう」

言いざま唐十郎は、吉乃の両襟をつかんで皮を剝くように着物と襦袢《じゅばん》を押しひろげた。

白い胸とふたつの胸乳があらわになると、唐十郎は吉乃の体を引き寄せて乳房の間に顔を埋めた。

「ま、待っておくれよ」

吉乃はもどかしいように帯を解き、着物を脱ぐと赤い襦袢をひろげて、唐十郎の背に腕をまわして体を密着させたまま横になった。

お互いに馴染んだ体である。巧みに悦楽の高みにみちびき合う壺を心得ていた。しばらくすると、吉乃が裸身をそらせて女悦の声を上げ、同時に唐十郎も果てた。

いっとき、吉乃は裸身のまま唐十郎の胸に顔を埋めていたが、

「ああ、体がとろけそう……」

そう言って、体を起こした。吉乃は懐紙を口にくわえると、満ち足りたような顔で乱れた髷《まげ》をなおし始めた。

その日、唐十郎は二度吉乃を抱き、五ツ（午後八時）ごろになって腰を上げた。吉乃は、泊まっていけ、と何度も言ったが、唐十郎はつる源を出た。酒色に耽溺《たんでき》した体を夜風にさらしたかったのである。

寒月が冴《さ》え冴えとしたひかりを放っていた。風のない静かな夜である。刺すような夜気が火照《ほて》った肌に心地好かった。

唐十郎は愛刀の祐広を落とし差しにし、神田川沿いの道をひとり飄然《ひょうぜん》と歩いていく。足元から、汀《みぎわ》に寄せる川波の音が笹でも振るようにサラサラと聞こえてきた。

——だれか来る！

唐十郎は流れの音のなかに背後から近寄ってくる足音を聞いた。それとなく振り返って見ると、武士体の男が三人走ってくる。

——おれを襲う気か。

いずれも、小袖に袴姿だが、牢人かもしれない。着崩れした感じがしたし、三人とも黒布で頬っかむりしていた。走り寄る姿に殺気だった雰囲気がある。

唐十郎は川岸を背にして足をとめた。背後にまわられるのを避けたのである。三人は走り寄ると、唐十郎を取りかこむように三方に立った。

「狩谷唐十郎だな」

正面に立った大柄な男が訊いた。頬っかむりの間から底びかりのする目が、唐十郎にそそがれている。そこそこ遣えそうだった。立っている姿に隙がなく、腰も据わっていた。

「まず、被り物を取って顔を見せろ」

言いながら、唐十郎はすばやく三方に立った男たちとの間を読んだ。いずれも斬撃の間の外に立っている。

「うぬは、駒田に買われたようだな」

大柄な男の声には揶揄《やゆ》するようなひびきがあった。

「うぬら、誅殺組の者か」

唐十郎は一歩、左手に寄った。

左手の目の細い男が、三人のなかでは一番の遣い手と読んだのである。居合は抜きつけの一刀にもっとも威力がある。唐十郎は抜きつけの一刀で遣い手を斃《たお》し、二の太刀、三の太刀で他のふたりを始末しようとしたのだ。

「駒田と縁を切れ！」

大柄な男が恫喝《どうかつ》するように言った。

「ことわったら」

言いざま、唐十郎は左手の拇指《おや》を鍔《つば》にかけて刀の鯉口《こいぐち》を切った。

「ここで、斬らねばならぬ」

大柄な男は一歩引いて、刀の柄に右手をかけた。他のふたりも鯉口を切り、抜刀体勢をとった。

刹那、唐十郎の体が居合腰に沈み、腰元から閃光が疾《はし》った。

――入身左旋《いりみさせん》。

抜刀しざま、唐十郎の体は左手へ旋回していた。一瞬の動きだった。小宮山流居合の中伝十勢のなかの技である。

左手にいた目の細い男は刀を抜きかけ、わずかに腰が浮いていた。そこへ、唐十郎の抜きつけの一刀が袈裟に入った。

切っ先が肩口から胸元を斬り下げ、肌を裂いて血が噴《ふ》いた。だが、やや浅い。咄嗟《とっさ》に、目の細い男が身を引いたからである。目の細い男は驚愕に目を剝いて、後じさった。唐十郎の抜刀の迅さと鋭さに度肝を抜かれたようだ。

唐十郎の斬撃はそれでとまらなかった。居合は複数の敵に対して一度抜刀すると、敵を斃《たお》し終わるまでは動きをとめないことが多い。

唐十郎は流れるような体捌きで反転し、さっきまで正面にいた大柄の男に身を寄せると、刀身を横に払った。

――小宮山流居合、稲妻《いなずま》。

稲妻は上段から間合に入ってきた相手の胴へ、抜き付けの一刀を浅く払って胴を薙ぐ技である。

唐十郎は稲妻を入身左旋から連続して遣ったのだ。

大柄の男が抜刀し、青眼に構えようとした瞬間だった。唐十郎の一颯《いっさつ》が、男の脇腹をとらえた。

男は絶叫を上げて、後ろへよろめいた。着物が裂け、脇腹に血の色があった。が、致命傷ではない。唐十郎の一撃は男の腹を浅くえぐっただけである。

唐十郎は素早く反転し、もうひとり右手にいた小柄で太り肉《じし》の男に切っ先をむけた。

だが、太り肉の男は腰を引いて後じさった。恐怖に顔がひき攣《つ》っている。唐十郎がこれほどの遣い手とは思わなかったのだろう。

「ひ、引け!」

大柄の男が脇腹を押さえてよろめくように走った。目の細い男と太り肉の男も、慌てて駆けだした。

唐十郎は三人の後を追わなかった。三人の後ろ姿が夜陰のなかに消えていく。

「たあいもない」

そうつぶやくと、唐十郎は祐広を懐紙でぬぐって納刀した。

8

「そこまで、送ろう」

そう言って、助造はふさと小四郎につづいて道場を出た。

助造は送りがてら表通りまで出て、一膳めし屋で夕餉《ゆうげ》を済ますつもりだった。ふだんは、近所に住むおかねという大工の女房が、通いで狩谷家へ来て炊事をしてくれていた。おかねは助造の分も用意してくれたが、唐十郎から二十両もの大金をもらい、一膳めし屋に入ってみる気になったのである。

七ッ半（午後五時）ごろであろうか。陽は家並のむこうにまわっていたが、家々の間から西陽が射し込み、松永町の通りをひかりと影の縞模様に刻んでいた。

助造たちは神田川沿いの道に出た。武川家は神田川にかかる和泉《いずみ》橋を渡った先の神田岩《いわ》本《もと》町にあった。

通りにはちらほら人影があった。ぼてふり、行商人らしい男、駄馬を曳《ひ》く馬子《まご》などが淡い冬の夕陽のなかを行き交っていた。

助造たちは和泉橋を渡って、柳原通りへ出た。柳原通りは古着屋の床店が並んでいたが、いつもより人影はすくなかった。夕暮れ時のせいだろう。

三人が和泉橋のたもとから筋違《すじかい》御門の方へ半町（約五四メートル）ほど歩いたときだった。土手沿いに植えられた柳の陰から武士がひとり走り出て、先頭を歩いていた助造に近付いてきた。羽織袴姿の御家人ふうの男である。

武士が助造とすれちがうとき、ふたりの鞘が軽く当たった。

「無礼者！」

突然、武士が怒りの声を上げた。

助造は目を剝いてその場につっ立った。助造の口から非礼を詫《わ》びる言葉は出なかった。

驚きながらも助造は、相手が意識的に鞘を当てたと察したのだ。ふさと小四郎も、驚いたような顔をして路傍に足をとめた。

「若造、頭を下げぬか。無礼であろう」

眉が濃く、頤《おとがい》の張った男だった。権高な物言いである。

「そちらが、わざと鞘を当てたのではないか」

助造も負けてはいなかった。

「狩谷道場の者どもめ、われらに楯突《たて》くとどういうことになるか、思い知らせてやるわ」

男は助造たち三人に視線をまわして嘲笑を浮かべた。

「なに……」

どうやら、助造たちのことを知っていて仕掛けてきたようだ。

そのとき、近くの柳の陰からもうひとりあらわれた。牢人体である。月代《さかやき》が伸び、黒鞘の大刀を落とし差しにしていた。

「ふたりは、後ろへ」

助造はふさと小四郎をかばうように前に立った。まだ、ふたりに闘う力はない。ふたりは、蒼ざめた顔で後じさった。

眉の濃い武士が助造の前に立ちふさがり、牢人体の男は左手にまわり込んだ。牢人体の男の顔にも、嘲笑が浮いている。

「そこをどけ！」

助造が昂《たかぶ》った声で言った。興奮し、刀の柄に添えた右手が小刻みに震えている。

「若造、やる気か」

武士が鯉口を切って、抜刀体勢をとった。腰が据わり、身構えに隙がない。助造にも遣い手であることが見てとれた。

助造は左手の拇指を鍔にかけて鯉口を切り、腰を沈めた。居合の抜刀体勢をとったのである。

武士が抜刀した。ゆっくりと刀身を振り上げ、八相に構えた。腰の据わった大きな構えである。押し包むような威圧がある。

助造は抜刀体勢をとったまま趾《あしゆび》を這わせるようにしてジリジリと間合をつめていく。居合は抜刀の迅さと間積もりが大事だった。特に抜きつけの一刀で間積もりを誤ると、斬れないだけでなく敵に隙を与えることになる。

――稲妻を遣う。

助造は武士が八相から斬り込んでくる瞬間をとらえ、抜きつけの一刀で胴を払うつもりだった。

武士との間合がしだいに狭まってきた。斬撃の間まであと半歩……。そう読んだとき、ふいに武士の体が膨れ上がったように見え、斬撃の気が疾《はし》った。

刹那、ピクッ、と武士の左拳が動き、左足が半歩前に出た。

斬り込んでくる！　と感知した助造は、
イヤァッ！

と、鋭い気合を発して抜きつけた。

が、横一文字に払った助造の切っ先は空を切っただけだった。一瞬、武士が身を引いたのである。武士は助造の太刀筋を読んで見切ったのだ。

間髪をいれず、武士の体が躍《おど》った。八相から一歩踏み込みざま袈裟に斬り下ろしたのだ。

切っ先が助造の着物を裂き、肩口から胸にかけて血の線がはしった。だが、浅く皮肉を裂かれただけである。武士が助造の斬撃をかわすために身を引いたため、間が遠くなったのだ。

咄嗟に、助造は刀身を返して二の太刀をふるおうとしたが、武士の動きの方が迅《はや》かった。武士は袈裟に斬り込んだ刀身を振り上げるや否や、助造の手元へたたきつけるような一撃をみまった。

甲高い金属音がし、助造の手から刀が落ちた。武士の剛剣にたたき落とされたのである。助造はよろめきながら後じさった。

武士はつかつかと身を寄せ、刀身を峰に返すと、頭上に斬り込むと見せて助造の脇腹を打った。

グッ、と喉のつまったような呻き声を洩らし、助造は脇腹を押さえてうずくまった。

武士は助造の背を蹴ってその場に俯《うつぶ》せにさせると、いきなり助造の後頭部に草鞋《わらじ》履きの足を乗せた。そして、助造の顔を地面に押しつけたのだ。

「若造、命だけは助けてやるから狩谷に伝えろ。われらに歯向かえば、門弟や武川家の者どもの命もないとな」

武士はそう言うと、唾《つば》を助造の背に吐きかけた。そして、助造の頭から足を下ろし、その場から離れていった。

助造は地面に伏したまま、いっとき唸《うな》り声を上げていたが、武士と牢人の足音が遠ざかると、やっとのことで身を起こした。

何とも無残な姿である。髷《まげ》の元結が切れてざんばら髪になり、鼻血が出たらしく顔は泥と血でどす黒く染まっている。

「助造どの！」

ふさが叫び声を上げ、助造のそばに駆け寄った。小四郎も顔をこわばらせて姉の脇に立つと、激しく身を顫わせた。

助造は声が出なかった。顔をひきゆがめ、喉を震わせながら慟哭《どうこく》とも笑い声ともつかぬ音を洩らしていた。助造は痛みさえ感じなかった。体中が火のように熱くなり、胸の内で、無念、屈辱、憤怒、悲痛などがごっちゃになり、激情が渦となって駆けめぐっていた。

第二章　誅殺《ちゅうさつ》組

1

助造は道場の隅に憮然《ぶぜん》とした顔で座っていた。顔が腫《は》れ、額と鼻の頭に赭黒《あかぐろ》いすり傷があった。稽古着の下には、肩口に巻いた晒《さらし》が見られる。

助造たちが、柳原通りでふたり組の男に襲われて三日目である。幸い、肩口から胸にかけて斬られた傷は浅く、すでに出血もとまっていた。痛みもほとんどなかったが、唐十郎と弥次郎から、稽古をすれば傷口がひらく、と言われ稽古を自制していたのである。

道場内では、ふさと小四郎が木刀を振っていた。ふたりの顔はこわばり、唇をひき結んで必死に木刀を振る姿には悲壮なものがあった。ふたり組に襲われたことで、父の敵《かたき》を討つことの困難さを自覚したのかもしれない。

弥次郎がふさと小四郎に手解きをしていた。弥次郎は稽古相手の助造が負傷したため、ふたりの稽古を見てやる気になったらしい。弥次郎もどちらかといえば、情にもろい質《たち》で、ふさと小四郎を放っておけなかったようだ。

助造の胸の内には、屈辱と無念が激しく渦巻いていた。足で頭を踏まれ地面に顔を押しつけられ、おまけに唾まで吐きかけられたのである。

――おれは、武士として万死に値する屈辱を受けたのだ。

そのときのことを思うと、助造の体は怒りに顫《ふる》えた。

助造の出自は百姓だったが、江戸で小宮山流居合を学び、武士らしい格好で暮らしているうちに自分を武士の端くれだと思うようになっていたのだ。

助造の脳裏に、頭に足を乗せた武士の顔が浮かんだ。眉が濃く、頤《おとがい》の張った傲岸《ごうがん》そうな男である。

――何としても、この無念晴らす！

助造は胸の内で叫んだ。

だが、助造は屈辱を与えた武士が遣い手であることを承知していた。このまま立ち合いを挑めば、無念を晴らすどころか斬り殺されるのが落ちだろう。

――稽古しかない。

と思い、助造はすっくと立ち上がった。凝《じっ》としてはいられなかったのである。助造は木刀のかかっている板壁へ歩み寄り、使い慣れた赤樫《あかがし》の木刀を手にした。

「助造、どうした」

弥次郎が道場に立った助造を目にして声をかけた。

「すこし、木刀を振ってみようと思って」

「まだ早い。傷口がひらくぞ」

弥次郎がふさと小四郎のそばから離れて助造に歩を寄せてきた。

「いえ、傷にさわらぬよう左手だけで振ります」

そう言って、助造は左手だけで木刀を振り出した。

助造の顔が苦痛にゆがんだ。右肩から胸部にかけての傷だったが、それでも左手を強く上下させれば、胸の筋肉が動く。

「もうすこし、我慢しろ」

弥次郎がそう言ったが、助造はやめずに木刀を振りつづけた。目をつり上げ、必死の形相である。

「傷口がひらいてもしらんぞ」

弥次郎は苦笑いを浮かべて、助造から離れた。言っても聞かないと、思ったようだ。弥次郎もふさたちから話を聞いて、助造が何を思っているのか知っていたのだ。

いっときすると、助造の胸に巻いた晒《さらし》にうすく血の色が滲《にじ》んできた。それでも、助造は木刀を振るのをやめなかった。

助造が道場に立って小半刻（三十分）ほどしたときだった。戸口に足音が聞こえ、野須が顔を出した。息が乱れ、顔がこわばっている。何かあったようだ。

「本間どの、狩谷どののはおられるか」

野須が土間に立って声を上げげた。

「母屋におられるが」

「すぐ、呼んでいただきたい。ぜひ、見てもらいたいものが」

野須が慌てた様子で言った。

「承知した」

弥次郎は、助造に唐十郎を呼んでくるよう指示した。

待つまでもなく、助造が唐十郎といっしょに道場にもどってきた。野須の立っている戸口に、弥次郎の他にふさと小四郎も立っていた。ふたりの顔もこわばっている。

「何があった」

唐十郎が訊いた。

「柳原通りで、小山内馨助《おさないきょうすけ》なる者が斬り殺されました」

「小山内とは」

唐十郎は初めて耳にする名だった。

「横尾どのの配下の御小人目付《おこびとめつけ》でござる」

横尾は何人かの御小人目付に命じて、岸山の不正と武川の斬殺事件の探索に当たらせていたという。小山内は御小人目付のなかで、横尾の片腕ともいえる男だったそうである。

「なぜ、おれに？」

唐十郎が訊いた。小山内が斬殺されたことは、後で知らせても済むはずである。野須が顔色を変えて道場に知らせにくるには、何か別の理由があったからであろう。

「横尾どのが、狩谷どのに小山内の死骸《むくろ》を見ていただきたいと」

どうやら、横尾が殺害現場にいるようである。

「まいろう」

唐十郎は、横尾が死骸の刀傷を見せたがっているのではないかと気付いた。刀傷から下手人が推測できるのか、それとも刀法が分かるような特異な斬り口なのか。いずれにしろ、死骸を見てみよう、と唐十郎は思ったのだ。

唐十郎は祐広を帯び、野須につづいて道場を出た。弥次郎、助造、ふさ、小四郎が後につづいた。

現場は神田川にかかる和泉橋を渡り、柳原通りを筋違御門の方へ一町（約一〇八メートル）ほど歩いた場所だった。助造とふさたちが襲われた近くである。

通りからすこし土手際に入った柳の幹のまわりに人垣ができていた。黒羽織に袴姿の武士が数人立っていて、そのなかに横尾の姿があった。着物の裾《すそ》を尻《しり》っ端《ぱ》折《しょ》りし、股引《ももひき》姿の岡っ引きらしい男も混じっている。まだ、八丁堀《はっちょうぼり》同心の姿はなかった。

「ここだ」

横尾が唐十郎たちの姿を目にして声をかけた。

唐十郎たちが走り寄ると人垣が割れ、横尾の足元近くの叢《くさむら》のなかに横たわっている人影が見えた。斬られた小山内という男らしい。

小山内は叢につっ伏していた。黒羽織に袴姿である。黒鞘が腰から突き出ていた。伸ばした右手に抜き身の刀を握っている。ここで、斬り合ったらしい。

「小山内だ。まず、斬り口を見てくれ」

横尾が唐十郎に言った。

近付いて見ると、死体のまわりにどす黒い血飛沫《ちしぶき》が散り、首がねじれたように横をむいていた。首筋のひらいた傷口から、截断された頸骨《けいこつ》が覗《のぞ》いている。首筋に斬撃をあびたらしい。

右足が脛《すね》のあたりで截断されていた。小山内は右足を截断された後で、首を打たれたようである。

弥次郎と助造たちも、死骸のそばに来た。凄惨な死骸に、ふさと小四郎は色を失っている。

「変わった剣のようだな」

下手人は小山内の脛のあたりを払い斬りにしたのである。

柳剛流《りゅうごうりゅう》という剣術の流派が敵の脛を薙《な》ぎ払う技を遣《つか》うと聞いたことがあるが、柳剛流かどうかは分からなかった。

「実は、武川さまも右足を斬られていたのだ」

横尾が小声で言い添えた。

「なに、武川さまも……。となると、同じ下手人だな」

脛を薙ぎ払うという特異な刀法を遣うことからみて、下手人は同じと判断してもいいだろう。

「それに、この妙な剣を遣う下手人が虎と呼ばれている男のようなのだ」

「ほう……。どうして、分かったのだ」

「小山内が斬られたとき、近くを通りかかった者がいてな。小山内が、虎か、と叫ぶのを聞いていたのだ」

横尾によると、小山内が襲われたとき、ちょうど近くを通りかかった大工が小山内の声を耳にしたのだという。

「小山内は、虎と呼ばれる男のことを知っていたのか」

「さァ、どうかな。……噂ぐらいは聞いていたはずだが、会ったことがあるとは思えんな」

　横尾は首をひねった。横尾も、小山内がなぜ、虎と呼ばれる男のことを知っていたのか分からないようである。

「それに、虎という異名は、その男の遣う剣からきたらしいぞ」

「どういうことだ」

「大工がな、小山内を斬った男が、虎伏《とらぶせ》の剣、受けてみるか、と口にしたのを耳にしているのだ」

「虎伏の剣だと」

　唐十郎は初めて耳にする名だった。

「おれも、そのような技は聞いたことがない」

　横尾が言った。

「いずれにしろ、虎伏と呼ばれているのは、この脛を斬る剣のようだな」

　唐十郎が小山内の死体に目をやりながら言った。

　それからいっときすると、横尾は集まっていた武士たちに小山内の亡骸《なきがら》を自邸まで駕籠で運ぶよう命じた。集まっている黒羽織姿の男たちは、横尾の配下の御小人目付らしかった。

男たちが駕籠かきを連れてきて、小山内の亡骸を筵《むしろ》でくるんで駕籠に乗せようとすると、岡っ引きらしい男が首をすくめながら横尾のそばに来た。

「旦那、死骸《おろく》を始末する前に、八丁堀の旦那にも見てもらいてえんで」

浅黒い顔の岡っ引きが、困惑したように眉宇を寄せて言った。相手が御徒目付と知って、畏《おそ》れているようである。

「この男は幕臣ゆえ、町方は手出し無用。われら目付が詮議《せんぎ》いたす」

横尾が語気を強めて言うと、

「へ、へい……」

岡っ引きは、顔をこわばらせてひっ込んでしまった。

2

唐十郎たちは柳原通りから道場にもどった。横尾と野須は小山内を運ぶ駕籠が出立するまで現場に残っていたが、いっときするとふたりも道場に姿を見せた。ふたりは唐十郎に話があるらしい。

唐十郎、弥次郎、横尾、野須の四人が道場内に対座した。助造、ふさ、小四郎の三人は横尾の指示もあって着替えの間に下がっていた。助造はともかく、ふさと小四郎には聞かせたくない話のようだ。

「話とは？」

唐十郎が切り出した。

「敵が攻勢をかけてきたようでござる」

横尾が重い声で言った。剽悍《ひょうかん》そうな顔に屈託の翳《かげ》が張り付いている。

「うむ……」

そのことは唐十郎も感じていた。敵はつる源から帰る唐十郎を襲い、助造たちを恫喝《どうかつ》し、そして小山内を斬殺したのである。一連の仕掛けは、誅殺組の仕業とみていいだろう。「しかも、敵はわれらの動きを見張っているようなのだ」

「そのようだな」

それにしても、敵の動きが早い、と唐十郎は思った。すでに、唐十郎たちが駒田の指示で誅殺組一味を斬ろうとしていることだけでなく、ふさや小四郎のことまでつかんでいるようなのだ。

見張りや尾行だけでなく、味方のちかくに敵に内通している者がいるのではないかと思ったが、唐十郎は口にしなかった。

「これからも、おれたちの命を狙ってくるのではないかな」

横尾が言った。横尾の顔にも憂慮の翳《かげ》がある。

「われわれが斬る前に、誅殺組に始末される恐れがござる」

野須が言い添えた。

「虎の餌食か」

横尾や野須が憂慮しているのは、もっともだった。このままでは、誅殺組に太刀打ちできないだろう。

「われらも用心せねばならぬが、特に懸念されるのは、ふさどのと小四郎どのです。敵を討とうとしていることが知れたら、真っ先に狙われるでしょう」

野須が声を低くして言った。

「しばらく、屋敷から出ないようにしてもらったらどうです」

弥次郎が口を挟んだ。

「それはむずかしい。ふさどのと小四郎どのは、父の敵を討たんとして当道場へ通うことをやめないでしょう。それに、屋敷にこもっていたのでは敵を討つことができない」

「うむ……」

唐十郎は、助造も同じだと思った。助造は柳原通りで受けた仕打ちに激しい屈辱を感じ、何としても自分の手で恨みを晴らしたいと思っているようなのだ。道場から出るな、と言っても無理だろう。

「相手がつきとめられれば、打つ手もあるのだが……」

横尾が苦慮するように言った。

「横尾」

唐十郎が何か思いついたように横尾に顔をむけた。

「配下の者が、辻斬り一味を探っているのだな」

「そうだ。数人の御小人目付に探索させているが、なかなか所在がつかめぬ」

横尾が渋い顔で言った。

「どうであろう。ふさどのと小四郎どのを、ひそかに尾《つ》けたら」

「ふたりを、尾けるとは」

横尾が怪訝《けげん》そうな顔で訊いた。

「腕に覚えのある者にふたりを尾けさせ、辻斬り一味があらわれたら捕らえるか、尾行して塒《ねぐら》をつきとめさせるかすればいい」

敵をおびき出す囮《おとり》ともいえるが、ふさと小四郎に日中人通りが多い場所を歩かせるようにすれば、それほどの危険はないだろう。

「妙案かもしれぬ」

横尾が目をひからせて言った。野須も、うなずいている。

ふさと小四郎の尾行は横尾にまかせることにし、唐十郎たちの話は終わったが、助造やふさたちに子細は知らされなかった。ただ、辻斬り一味が襲ってくるかもしれないので、夜道や人影のない寂しい通りは歩かないように話しただけである。

その日からふさと小四郎には腕のたつ御小人目付が複数つけられ、ひそかに尾行することになった。

唐十郎は、虎伏と呼ばれる剣を遣う男のことが気になっていた。おそらく、誅殺組のなかでも腕の立つ男で、刺客《しかく》の役割を担《にな》っているのではないかと思われた。

虎伏が脛を斬る刀法と推測されることから、唐十郎は念のため柳剛流の道場をまわって虎伏と呼ばれる剣を遣う男がいるかどうか当たってみることにした。

柳剛流を創始したのは、岡田惣右衛門《おかだそうえもん》である。岡田は明和《めいわ》二年（一七六五）に武州葛飾《かつしか》郡惣新田村《ごおりそうしんでん》に生まれ、江戸へ出て心形刀流《しんぎようとう》の伊庭軍兵衛《いばぐんべえ》の高弟に師事した。だが、心形刀流にあきたらず、やがて武者修行の旅に出て脛を斬るという特異な刀法を独創し、柳剛流をひらいたのである。

しかし、武士のなかには脛を斬るという刀法は卑怯《ひきよう》とみる者もいて、江戸ではあまり人気が上がらなかった。道場も、本所《ほんじょ》と本郷にちいさな町道場があるだけだった。

唐十郎は二道場を訪ね、門人に虎伏と呼ばれる剣やその技を遣う男のことを訊いてみたが、心当たりのある者はいなかった。

ただ、脛を斬る、という刀法のことで分かったこともあった。柳剛流は薙刀《なぎなた》の特徴を取り入れるために三尺にちかい長刀を遣い、しかも切っ先三寸の峰にも刃のついている諸刃だという。

その話を聞いて、唐十郎は、

——柳剛流とは、ちがうのかもしれぬ。

と、思った。それだけ、特徴のある刀を所持していれば、すぐに柳剛流の遣い手であることが知れるだろう。

その日、道場にもどると、助造がひとりで真剣を振っていた。目をつり上げ、必死の形相で真剣を振る姿には凄絶さがあった。その姿を目にすると、助造の受けた屈辱の深さを思い知ることができた。

唐十郎は何も言わずに、母屋へもどった。無理をするな、と言っても聞かないことは分かっていたのである。

3

荒れた庭を濃い暮色がつつんでいた。庭を埋めた芒《すすき》や蓬《よもぎ》などの枯れ草が、風にそよいでいる。その枯れ草のなかに、ちいさな石仏が無数に立っていた。身丈《みたけ》が一尺二、三寸の石仏である。

唐十郎が近所の石屋に頼んで彫ってもらったもので、それぞれの石仏の背には唐十郎が手にかけた者の名と享年が刻んであった。唐十郎は己が命を奪った者の石仏を庭に立てて供養してやっていたのである。

供養といっても唐十郎の場合、ときおり石仏の頭から酒をかけてやるだけで、雑草ひとつ抜かず、石仏の前で合掌することもなかった。そのため、庭は荒れ放題で雑草のなかにぽつぽつと丸い頭を覗かせている石仏の光景は、さながら荒れ野に群生する狐狸《こり》のようにも見える。唐十郎の野晒の異名は、この荒涼とした光景からきたともいえる。

唐十郎は縁先に胡座《あぐら》をかき、暮色に染まった庭に目をやりながら貧乏徳利の酒を飲んでいた。唐十郎の胸を埋めた孤愁に酒が染みていく。

時とともに夕闇は深まり、夜陰に変わってきた。狐狸に似た石仏群は深い闇につつまれ、しだいにその姿を消していった。

ふと、枝折《しお》り戸の方で足音がした。叢《くさむら》を分けて近付いてくる者がいる。常人の足音ではない。風を思わせるような忍び足である。その姿は闇に溶けて見えなかったが、唐十郎は足音の主を知っていた。

咲《さき》である。女ながら伊賀者だった。咲は明屋敷番《あけやしきばん》伊賀者組頭、相良甲蔵《さがらこうぞう》の娘である。これまで、唐十郎は幕閣をまきこんだ事件に、相良たち伊賀者と組んで敵と戦ったことが何度もあった。そうした戦いのなかで、唐十郎は咲と情を通じ合う仲になっていた。その後、相良は敵との戦いで命を落とし、いまは咲が組頭の任についていた。

軒下近くの深い闇のなかから、ふいに人影があらわれた。咲は、そのほっそりした体を鼠染《ねずみぞ》めの忍び装束につつんでいた。

「唐十郎さま、お久し振りでございます」

咲はくぐもった声で言った。目が夜陰のなかで、うすくひかっている。情夫の元へ忍び寄った女の甘さはない。伊賀者組頭らしい剽悍な雰囲気がただよっている。

「何の用だ」

唐十郎は素っ気なく訊いた。

「唐十郎さまは、駒田さまのお屋敷で切腹の介錯をなさいましたね」

咲は闇のなかに身を沈めて足を折敷《おりし》いている。

「介錯したが、それがどうした」

「その後、徒目付の横尾さまや野須どのと行動を共にされているようですが、その狙いをお教えください」

咲は抑揚のない声で訊いた。どうやら、咲は唐十郎たちの動きを知っているようである。

「駒田さまに依頼され、誅殺組を始末するつもりでいる」

唐十郎は咲に隠すつもりはなかった。

「それで、一味の所在は知れましたか」

「いや、まだだ。それに誅殺組の探索より、こっちの命が狙われていてな。探索も思うようにならぬ」

唐十郎は、自分や助造が襲われ、御小人目付の小山内が斬殺されたことなどをかいつまんで話した。

「すると、柳原通りで殺されていたのは横尾さまの配下の小山内どの」

「そうだ。……ところで、咲、おれたちの動きを知っているようだが、此度《こたび》の件にかかわっているのか」

唐十郎が訊いた。

「はい、伊勢守《いせのかみ》さまの命で御作事奉行岸山作左衛門さまの不正に関し、ひそかに探っております」

伊勢守とは、老中阿部《あべ》伊勢守正弘《まさひろ》のことである。

伊賀や甲賀の者が忍びの術を遣い隠密として活躍したのは戦国期が主で、徳川が天下を取ってからはせいぜい家光《いえみつ》のころまでである。この時代（安政《あんせい》元年、一八五四）は、伊賀者は大奥の警備や普請《ふしん》の巡視、それに空屋敷の管理などにあたっていた。日常生活は他の御家人と変わりなく、忍者などとは縁のない暮らしであった。

しかし、多くの伊賀者のなかには先祖伝来の忍びの術を伝えている者もおり、そうした術者をひそかに集めて阿部の密命を受けて隠密活動をしていたのが、相良たちの一党であった。いま、その伊賀者を束《たば》ねているのが咲である。

「なにゆえ、伊勢守さまは御作事奉行の不正を調べようとしているのだ」

阿部は幕府の実権をにぎっている老中首座の立場にいる。御作事奉行の不正など御目付にまかせておけばいいはずである。

「岸山さまは、駒田さまと同じ御側衆相馬右京亮《そうまうきようのすけ》さまと昵懇《じつこん》でございます。その相馬さまは、ちかごろ溜間詰《たまりのまづめ》の掃部頭《かもんのかみ》さまと頻繁《ひんぱん》に密会を重ねております。……岸山さまと相馬さまは掃部頭さまを後ろ盾にし、栄進を狙《ねら》っているようでございます」

咲が声をひそめて言った。

掃部頭とは、彦根《ひこね》藩主井伊《いい》掃部頭直弼《なおすけ》のことである。また、溜間詰とは江戸城内溜間のことで、ここに詰めているのは譜代、家門などの名門意識の強い大名たちであった。ちかごろ、この溜間詰の大名である松平乗全《まつだいらのりやす》、松平忠優《ただます》などが井伊を頭として、阿部政権に対する反発を強めていたのだ。

「そういうことか」

唐十郎は、今度の事件の背景が見えてきた。政権をにぎる阿部派と対立する井伊派の暗闘があるようだ。御側衆の駒田と相馬は、それぞれ自派の首領である阿部と井伊の思惑を受けて、動いているのであろう。

「すると、咲は駒田さまについたことになるな」

もっとも、敵対する相馬側ならば、このように唐十郎の前に姿を見せて事件の背景をしゃべったりしないだろう。

「そうなります」

「咲と斬り合わずに済んだわけだ」

「はい……」

咲の声にも安堵したようなひびきがあった。

「それで、岸山の不正だが、何か分かったことがあるのか」

「これまで、岸山さまがかかわった造営修繕に関し、廻船問屋の相模屋《さがみや》との間で不正があったようでございます」

「相模屋か」

江戸でも屈指の廻船問屋の大店《おおだな》で、諸大名の米や特産品の廻漕を請け負っていると聞いていた。

「相模屋は相馬さまを通して掃部頭さまに取り入り、商いを大きくしてきた節がございます」

「なるほど」

唐十郎にも、敵のつながりが見えた。相模屋と岸山が結びつき、さらに岸山と相馬、そして井伊へとつながっているのである。

「ところで、誅殺組のことはどうだ」

唐十郎は、咲も誅殺組のことを探っているのではないかと思った。

「七、八人はいるとみているのですが、なかなか正体がつかめませぬ」

咲のような伊賀者にも、正体をつかませないとなると、やはり無頼牢人や無宿人のような集団ではないようだ。

「虎と呼ばれる男のことを、聞いたことがあるか」

唐十郎が声をあらためて訊いた。

「いえ」

咲が腰を上げ、すこし唐十郎に近付いた。闇のなかに顔と首筋の白い肌が浮き上がったように見えた。

「虎伏と称する剣のことは」

「それも、存じませぬ」

「誅殺組のなかに虎と呼ばれる男がおり、刺客として動いているようなのだ。その男が虎伏と呼ばれる剣を遣うようだ」

唐十郎は、虎伏と呼ばれる脛を斬る特異な刀法のことをかいつまんで話し、

「咲、油断するなよ。なかなかの手練《てだれ》のようだ」

と、言い添えた。

「唐十郎さまも、ご油断なきよう」

そう言って、咲は立ち上がった。唐十郎と肌を合わせる気はないようだ。唐十郎のそばにいても、咲は伊賀者組頭の立場をくずさなかった。それだけ、咲は容易ならぬ事件とと

らえているのであろう。

「これにて」

そう言い残し、咲の姿が闇のなかを動いた。ほとんど足音は聞こえなかった。黒い人影が夜陰をよぎり、風が枯れ草の上を吹き抜けたような音がしただけである。

唐十郎はすぐに動かなかった。夜陰に目をやったまま、飲み残した酒をひとりかたむけていた。

4

「やけに寒いな」

弐平は自分の体を抱くように両腕を伸ばし、笹藪の陰に身をかがめていた。冷たい風が吹き、頭上で寒月が皓々《こうこう》とかがやいている。

弐平がいるのは、下谷車坂町《したやくるまざかちょう》だった。一町ほど先に板塀をめぐらせた仕舞屋《しもたや》があった。増森《ましもり》の利根八《とねはち》という男が貸元をしている賭場《とば》である。利根八の妾《めかけ》が住んでいた家だが、妾を別の借家に移し、利根八が賭場として使うようになったのだ。

弐平は、この賭場にちかごろ金まわりのいい牢人が出入りしていると耳にして、張り込んでいたのだ。

――まだ、姿を見せねえか。

弐平がこの場に張り込んで二刻（四時間）ちかくになる。すでに、町木戸のしまる四ツ（午後十時）を過ぎているはずだった。

仕舞屋には夕暮れとともに灯が点り、いまも夜陰の中で皓々《こうこう》としていた。まだ博奕《ばくち》はつづいているらしく、耳を澄ますと、かすかに男のくぐもった声や哄笑なども聞こえてきた。

――こう寒くちゃァ、酒でも飲まねえとやりきれねえ。五両は安かったかな。

弐平はひとりごちながら腰を上げて、その場で足踏みした。体を動かしているといくらか暖まるのである。

弐平が足踏みを始めてすぐだった。

仕舞屋の戸口に人影があらわれた。町人体《てい》の男がふたり、戸口から洩《も》れた明りのなかに浮き上がった。遊び人ふうの男である。賭場の客であろう。

ふたりは卑猥な話でもしているらしく、下卑《げび》た笑い声を上げながら弐平のひそんでいるちかくの小道を歩いてくる。

弐平はふたりから牢人のことを訊いてみようと思った。笹藪の陰から出て小道に立つと、ふたりの男はギョッとしたように立ちすくんだ。薮から獣でも出てきたと勘違いしたのかもしれない。

「ヘッヘヘ……。ご機嫌のようだな。目が出たのかい」

弐平はうす笑いを浮かべながらふたりの男の前に立った。

「だ、だれでえ、おめえは」

二十代半ばと思われる丸顔の男が、驚いたように目を剝いた。

「松永町の弐平って者《もん》だよ」

弐平は笑いを消して言った。ギョロリとした目が、ふたりの男を睨《にら》むように見すえている。

「親分さんで」

もうひとり、痩身の男がこわばった顔で言った。弐平の物言いから、岡っ引きと分かったようである。

「ちょいと、訊きてえことがあってな。こんなところにつっ立ってちゃァ、利根八の親分も気になるだろう。歩きながら話そうじゃァねえか」

そう言って、弐平は表通りの方へ歩きだした。弐平が利根八の名を出したのは、ふたりに仕舞屋が賭場であることを承知していることを分からせるためだった。ふたりの男は顔をこわばらせて跟《つ》いてくる。

「おめえたち、手慰《なぐさ》みをしてたようだな」

歩きながら弐平が小声で言った。

「と、とんでもねえ。あっしらは、覗いてただけなんで」

丸顔の男が震えを帯びた声で言った。

「とぼけるんじゃァねえ。おめえらが何をしてたかは、お見通しなんだ」

弐平は凄味《すごみ》のある声で言ったが、すぐに声を落とし、

「だがな、おめえたちをお縄にする気はねえんだぜ。もっとも、おれの訊いたことに答えてくれればの話だがな」

ふたりの男を上目遣いに見ながら言った。

「へ、へい、親分、何でも訊いてくだせえ」

瘦身の男が慌てて言った。

「ちかごろ賭場に牢人が顔を出すそうだが、知ってるかい」

「親分、名が分かりますかい」

丸顔の男が言った。声に勢いがある。賭場の手入れではないと知って、いくぶん安心したようである。

「名は分からねえが、ちかごろ金まわりがよくなった牢人だ」

いまのところ、弐平にはそれしか分かっていなかった。

「鉢谷《はちや》の旦那かな」

瘦身の男が言うと、丸顔の男が、そうかもしれねえ、と応じてうなずいた。

「どんな男だい？」

「へい、半年ほど前からときどき顔を出す牢人で、このところ二両、三両のまとまった金を賭けてやすぜ」

丸顔の男がしたり顔で言った。

「そいつの塒《ねぐら》を知ってるか」

弐平は洗ってみる価値がありそうだと踏んだ。

「そこまでは分からねえ」

「他に知ってることはねえのか」

「へい、名は慎兵衛《しんべえ》、歳は三十がらみですかね。剣術は滅法強いそうですぜ」

丸顔の男は、鉢谷の風貌を弐平に話した。

「今夜は、賭場に来てねえようだな」

弐平は鉢谷らしい男の姿を目にしていなかった。

「鉢谷の旦那が顔を出すのは、三日に一度ぐれえなんで」

痩身の男が言った。

「そうか。おめえたちの話は役に立ちそうだぜ」

弐平は足をとめた。これから先は自分で調べるつもりだった。

「それじゃァ、あっしらは、これで」

丸顔の男が笑いながら首をすくめて言った。痩身の男も、ニヤニヤしている。無罪放免になると思い、愛想笑いを浮かべているのだ。

「おい、てめえら」

ふいに、弐平がドスの利いた声で言った。

「利根八の賭場へも、そのうちお上の手が入《へえ》るぜ。そうすりゃァ、てめえたちも敲《たたき》ぐれえじゃァすまねえ。遠島ぐれえは喰《くら》うぜ。それが嫌なら、いまのうちに博奕から足を洗いな」

弐平の大きな目が、ふたりを睨《にら》みつけていた。

丸顔の男が血の気の失せた顔で目を剝き、

「そ、そうしやす」

と、声を震わせて言った。痩身の男も蒼ざめた顔で頭を下げると、逃げるように弐平から離れていった。

5

「やつだ！」

弐平が声を上げた。

賭場の戸口から牢人体の男がふらりと出てきた。月代が伸び、髭が濃い。黒鞘の大刀を一本落とし差しにしていた。目付きのするどい男である。昨夜、遊び人ふうの男から聞いた鉢谷の風貌にそっくりだった。

弐平は鉢谷らしい男をやり過ごし、半町ほど間をとってから尾け始めた。頭上に弦月がかがやいていた。四ツ前である。

鉢谷らしい男は表通りへ出ると、懐手をしながら寛永寺《かんえいじ》の方へむかって歩いた。町筋はどの店も板戸をしめ、夜の帳《とばり》のなかにひっそりと沈んでいた。しばらく歩き、上野《うえの》の山麓の山下《やました》と呼ばれる通りへ出ると、急に人通りが多くなり賑やかになった。この通りは料理茶屋や出会茶屋などの多い歓楽街で、酔客や岡場所目当ての遊客が行き交い、箱屋を連れた芸者や夜鷹らしい女なども目についた。

鉢谷らしい男は山下から下谷広小路《ひろこうじ》へ出て、黒門町《くろもんちょう》の小料理屋に入っていった。掛行灯《かけあんどん》に桔梗屋《ききょうや》と記してあった。

——今夜は、ここまでだな。

弐平は桔梗屋の店先で足をとめてつぶやいた。

男が慣れた手つきで暖簾を分けて店に入っていったことから推《お》して、馴染みにしている店とみていいだろう。となると、まず一刻（二時間）は出てこない。店の女将《おかみ》が男の情婦でもあれば、店に泊まるかもしれない。さすがに、弐平もこれ以上張り込む気にはなれなかったのである。

翌日、弐平は陽が西にまわってから黒門町にやってきた。桔梗屋の裏口から出てきた通いの女中に袖の下をにぎらせて訊くと、やはり昨夜の男は鉢谷だった。

「鉢谷の旦那は女将さんの情夫《いいひと》でね、昨夜は泊まっていったらしいよ」

大年増の女中は、口元に卑猥な笑いを浮かべてそう言った。弐平の予想したとおりである。

「いまも鉢谷は店にいるのかい」

弐平が訊いた。

「いやしないよ。今朝のうちに、店を出たはずだから」

「やつの塒はどこだ」

「湯島《ゆしま》で、一人住まいをしているらしいよ」

「長屋か」

「借家だと言ってたね。確か、神田明神の近くだと聞いた覚えがあるけど……」

女中は首をひねった。はっきりしないらしい。

「神田明神な」

弐平は、それだけ分かれば探し出せると思った。

「ところで、女将さんの名は」

弐平が声をあらためて聞いた。

「お政《まさ》さんだよ」

「それじゃァ、ちかいうちにお政さんの顔を拝みにでも行くかな」

弐平はそう言い残して、女中と別れた。

そのままの足で、弐平は神田明神社にむかった。明神下と呼ばれる通りや金沢《かなざわ》町、湯島一丁目などをまわり、牢人の一人住まいの借家を探した。

神田明神社の南側の通りにある酒屋の親父が、

「名は存じませんが、近くにご牢人が一人で住んでいる借家がありますよ」

と、口にした。

弐平が鉢谷の容貌を話すと、

「その方ですよ」

と、親父は断定するように言った。

弐平は親父に借家がどこにあるのか訊いた。親父によると、店の前の通りを二町ほど神田明神社の方へ歩き、下駄屋の角を入った路地の突き当たりにあるという。

すでに暮れ六ッちかくで、陽は家並のむこうに沈んでいたが、弐平は親父に教えられた路地へ行ってみた。

それらしい家はすぐに分かった。路地の突き当たりに、板塀をまわした借家らしい小体な家屋があった。

弐平が板塀の隙間から家を覗いてみようと思い、家の方に歩きかけたときだった。ふいに、戸口の引戸があいて、牢人体の男が出てきた。弐平は慌てて、道端の灌木の陰にまわり込んだ。こっちへ歩いてくる。

——鉢谷だ！

利根八の賭場から尾けてきた月代が伸び、髭が濃い男だった。鉢谷にまちがいない。

鉢谷は弐平が身を隠した灌木のすぐ前を通り過ぎていった。幸い、弐平には気付かなかったようである。

鉢谷の後ろ姿が町家の陰に消えてから、弐平は灌木の陰から路地へ出た。これ以上尾けまわす必要はなかった。後は、鉢谷の身辺を洗い、辻斬り一味にかかわっているかどうか探るだけである。

翌日、弐平は朝のうちに松永町を出て湯島へむかった。鉢谷の住居ちかくで聞き込むのである。

弐平は鉢谷の家に近い表通りから聞き込みを始めた。まず、独り者の鉢谷が出入りしそうな飲み屋、一膳めし屋、そば屋などをまわった。

三軒目に入った樽吉《たるよし》屋という一膳めし屋の親父が、鉢谷のことを知っていた。親父によると、鉢谷はときどき酒を飲みに店に立ち寄るという。

「独り暮らしなんだな」

弐平は念を押した。

「へい、旦那はそう言ってやした」

五十半ばであろうか。親父の鬢《びん》には白髪が目立ったが、肌にはまだ艶《つや》があり、老《ふ》けた感じはしなかった。

「何をして暮らしてるんだい」

どう見ても牢人だった。蓄えがあるようには見えなかったし、手内職をしているふうもなかった。

「さァ、てまえには分かりませんが。剣術が強いらしく、道場で指南していると聞いた覚えがありますがね」

親父は疑わしそうな顔をして言った。剣術の指南をしていたのは過去のことで、いまは何をして口を糊しているのか分からないのだろう。

「金まわりはいいようですよ」

親父が言い添えた。

弐平は辻斬りで手にした金ではないかと思ったが、それ以上訊かず、

「あの借家に住むようになって、何年になる？」

と、話題を変えた。

「二年ほどになりますかね」

「ここに来る前はどこにいた」

「上州の方にいたと聞いた覚えがありますが」

「上州なァ……」

江戸の住人ではなかったようだ。おそらく、上州から流れてきたのだろう。

「鉢谷と親しくしてるやつはいねえかい」

弐平が声をあらためて訊いた。誅殺組なら仲間がいるはずだった。

「知りませんねえ。この店に来るときは、いつもひとりですし……。そうそう、表通りをお侍さまと歩いてるのを見かけたことはありますよ」

「牢人か」

「それが、羽織袴姿のお武家で、牢人には見えませんでしたね」

親父はそう言うと、板場の方へ顔をむけて仕事にもどりたいような素振りを見せた。いつまでも話し込んでいるわけにはいかないと思ったのだろう。

「手間を取らせたな」

弐平はそう言って、店を出た。

それから、さらに五軒ほど近所の店をまわったが、聞き込んだことは一膳めし屋の親父が話したことと変わらなかった。

夕闇につつまれた町筋を歩きながら、弐平は、鉢谷は誅殺組にまちげえねえ、と思ったが、いまひとつ確信が持てなかった。

6

弐平が湯島で聞き込みをした二日後だった。鉢谷が誅殺組だと確信できるような事件が起こった。

神田佐久間町の神田川沿いの通りで、谷垣佐七郎《たにがきさしちろう》という御小人目付が辻斬りらしい男に斬殺されたのである。

弐平は斬殺された現場付近で聞き込み、近くを通りかかった為吉《ためきち》という大工が辻斬りの様子を目撃したことをつかんだ。さっそく、為吉に会って話を聞くと、

「暗くてはっきり見えなかったが、牢人者でしたぜ」

と、為吉が答えた。

さらに、弐平が鉢谷の風貌を話すと、

「親分、まちげえねえ。辻斬りはそいつだ」

と、為吉が断言したのである。

為吉によると、川岸の柳の樹陰にもうひとりいたが、そちらは闇にまぎれ、武士であることは分かったが、人相も身装《みなり》もまったく見えなかったという。どうやら、辻斬りはふた

り組だったらしい。

　──誅殺組にまちげえねえ。

　と、弐平は確信した。牢人と武士がふたり組で、幕臣を斬ったのである。そのことから推しても誅殺組の仕業とみていいだろう。

　弐平は為吉から話を聞くと、その足で松永町の唐十郎の許にむかった。まず、唐十郎に鉢谷のことを伝えておこうと思ったのである。


　唐十郎は縁先で茶碗酒をかたむけていた。風のないおだやかな晴天だった。石仏の立っている庭を鴇色《ときいろ》の淡い夕陽が照らしていた。静寂につつまれた雀色時《すずめいろどき》である。

　道場から助造の発する気合と床を踏む音がかすかに聞こえてきた。助造は、ひとりで居合の稽古をしているようである。このところ、助造の稽古ぶりは異常だった。まさに、寝食を忘れて稽古に打ち込んでいるのである。誅殺組から受けた恥辱が助造を稽古にかりたてているのだ。

　唐十郎は助造からそのときの様子を聞き、相手が遣い手であり、いまの助造の腕で斃《たお》すのは無理かと思ったが、あえて何も言わなかった。助造が剣客として生きていくためには、自力で越えねばならぬ壁だと思ったからである。

弥次郎も助造には何も言わなかった。ただ、ふさと小四郎に対しては熱心に指南しているようだった。何とか姉弟に敵を討たせてやりたいのだろう。

そのとき、枝折り戸の方で、ガサガサと枯れ草を踏む音が聞こえた。見ると、夕陽を背に受けて弐平が歩いてくる。

弐平の短軀が夕陽のなかに黒く浮き上がって見えた。貉の異名通り、その姿は枯れ草を分けて近寄ってくる貉のようである。

「へっへへ……、旦那、明るいうちから酒とは、いいご身分で」

弐平はニヤニヤ笑いながら近付いてきた。

「弐平、おまえも飲むか」

唐十郎はかたわらの貧乏徳利を手にした。

「遠慮しときやしょう。まだ、酔っちまうわけにはいかねえんで」

そう言って、弐平は唐十郎の前に立った。

「何か分かったのか」

唐十郎は、弐平が誅殺組の探索のことで話しに来たことは分かっていた。

「まァ、なんとか」

弐平は、鉢谷についてこれまでに探ったことをかいつまんで話してから、谷垣が鉢谷に斬られたことを言い添えた。

「御小人目付がな」

唐十郎は、横尾の配下のひとりだろうと思った。誅殺組の探索していることが知れ、始末されたのではあるまいか。

おそらく、先に殺された小山内も同じように誅殺組に消されたのであろう。小山内の場合は、虎と呼ばれる男の身辺まで近付いたのかもしれない。

それにしても、誅殺組は凶悪果敢である。敵対する者は容赦なく始末するようだ。すでに、駒田の家士の室井、勘定吟味方改役の武川、御小人目付の小山内、そして谷垣が誅殺組の手にかかったのである。

「谷垣という男の傷口を見たか」

唐十郎が声をあらためて訊いた。

「へい、肩口から袈裟にバッサリと斬られてやした」

「足は斬られてなかったか」

唐十郎の脳裏に虎伏の剣のことがよぎったのだ。

「いいえ、刀傷はひとつだけで」

「そうか」

どうやら、鉢谷は虎伏という剣を遣う男ではないようだ。おそらく、誅殺組には虎と呼ばれる男の他にも斬殺に手を染める手練《てだれ》がいるのであろう。

「それで、旦那、鉢谷をどうしやす」

弐平が上目遣いに唐十郎を見ながら訊いた。

唐十郎はいっとき思案するように虚空に視線をとめていたが、

「所在が知れたのは、鉢谷ひとりか」

と、つぶやくような声で訊いた。

「いまのところ、ひとりだけで」

「鉢谷は、羽織袴姿の武士と歩いていたと言ったな」

「へい、一膳めし屋の親父がそう言ってやした」

「すこし、泳がせるか」

唐十郎は鉢谷を斬ってしまうと、せっかくつかんだ誅殺組をたぐる糸が切れてしまうのではないかと思ったのだ。

「あっしに、鉢谷といっしょにいた侍をつきとめろとおっしゃるんで」

弐平が声を低くして言った。ギョロリとした目がひかっている。

「そういうことだ」

「旦那、いただいた五両分の仕事はしちまったんですがね」

弐平は目を細め、揉み手をしながら言った。追加の手当を要求しているのである。

「ならば、もうすこし手当を払わねばならぬな」

すぐに、唐十郎は懐から財布を取り出した。

「さすがは旦那だ。分かりが早え《はえ》」

弐平は満面に笑みを浮かべた。

「五両でどうだ」

「五両！　なんて、気前がいいんだ」

弐平は驚いたように目を剝いた。弐平は、せいぜい二両か三両と踏んだようなのだ。

「手を出せ」

唐十郎は財布から小判を取り出した。駒田家からもらった金である。

「へい、へい」

弐平はこぼれるような笑顔で、太い右手を唐十郎の前に差し出した。

「弐平、油断するなよ。誅殺組に気付かれると、谷垣と同じように始末されるぞ」

そう言って、唐十郎は弐平の掌に五両を置いた。

弐平は、ヘッ、と喉のつまったような声を洩らし、小判を握りしめたまま身を硬くした。

「だ、旦那、危ねえ仕事なんで、この金を……」

弐平が握りつぶした饅頭のように顔をしかめ、

「旦那とつき合ってると、長生きできねえなァ」

と、肩を落として言った。それでも、五両の金はしっかりと握りしめている。

「まァ、弐平のような腕利きなら心配はないがな」

唐十郎は涼しい顔で言って、かたわらの貧乏徳利の酒を湯飲みについだ。

7

遠く、砂浜に打ち寄せる波の音が聞こえた。座敷の大気のなかに、かすかに潮の臭いがする。

築地《つきじ》、南飯田《みなみいいだ》町の大川の河口に近い相模屋の寮の座敷に九人の男が集まっていた。寮のある辺りは大川の河口というより江戸湊《みなと》といってよく、砂浜近くにある寮の座敷まで波の音が聞こえてくるのである。

九人の男は武士が七人、町人がふたりだった。町人は相模屋の主人、甚左衛門《じんざえもん》と番頭の盛造《もりぞう》だった。武士は御家人ふうの男が三人、牢人体の男が四人いた。鉢谷慎兵衛と助造たちを襲った眉の濃い御家人ふうの男の姿もあった。一同の膝先には酒肴の膳が並べられている。

ひとりだけ一同から離れ、大刀を胸に抱えるように持って柱に背をもたれかけている牢人体の男がいた。総髪で痩身、面長《おもなが》で顎がとがっている。浅黒い肌をした陰気な感じのする男だった。生気がなく、身近に幽鬼《ゆうき》のような雰囲気がただよっている。その男だけ仲間の会話にはくわわらず、黙したまま膝先に視線を落として杯をかたむけていた。

「町方の動きはどうかな」

上座に座った武士が言った。四十代半ばであろうか。恰幅《かっぷく》のいい赤ら顔の男だった。大きな目が油断なく動いている。御家人ふうの羽織袴姿だが他の武士より身拵えはよく、一同の宰領らしかった。この男は御作事奉行、岸山作左衛門の用人、千草五兵衛《ちぐさごへえ》である。千草は岸山家の家老格の用人で、岸山のふところ刀として動いていた。

「町方を気にすることはない。辻斬りの仕業とみて、おざなりな探索をしているだけだ」

眉の濃い武士が、胴間声で言った。この男の名は鷲津伝兵衛《わしづでんべえ》。土佐《とさ》藩の軽格の藩士で、江戸で名を上げようと脱藩した男である。

「となると、相手は駒田家の者と目付だな」

千草が一同に目をやりながら言った。

「御小人目付が何人か、われらを探っているようだ。それに、狩谷唐十郎と一門の者が駒田家に雇われて動いているらしい」

「狩谷ともうす者、市井の試刀家だそうだな。誅殺組がそのような者たちを、恐れることはあるまい」

そう言って、千草が杯に手を伸ばした。

この場に集まった武家集団は、牢人や脱藩者で自らを誅殺組と称していた。いずれも剣の遣い手だが不遇をかこっていた者たちである。

「それが、狩谷は小宮山流居合の遣い手でござってな。門人はともかく、狩谷は厄介な相手だ」

牢人体の大柄な男が言った。この男、猿島市之丞《さるしまいちのじょう》という。唐十郎を襲った三人のうちのひとりである。

「千草どの、ご懸念には及ばぬ。狩谷もわれら誅殺組の敵ではござらぬ」

千草と対座していた武士が落ち着いた物言いで言った。

四十がらみ、眼光の鋭い男だった。撫で肩で首が太く胸が厚かった。座した姿にも隙がなく身辺に剣の手練らしい威風がただよっている。羽織袴姿だが、御家人ではないようだ。

この男の名は梶山宗五郎《かじやまそうごろう》、二年ほど前まで直心影流《じきしんかげりゅう》の町道場主であった。ただ、当時も門弟はすくなく道場経営で口を糊することはできなかった。この男の脇に座しているのが峰岸恭助《みねぎしきょうすけ》、微禄の御家人である。非役だったため若いころから梶山道場に通い、師範代を務めた男だった。現在、誅殺組を束《たば》ねているのが梶山で、峰岸はその補佐役であった。

「梶山どの、頼むぞ。殿もいまが一番大事なときでござってな。此度の一件は何としても揉み消さねばならぬのだ」

千草が昂《たかぶ》った声で言った。

「承知している」

梶山と千草は、若いころから本所亀沢《かめざわ》町にあった直心影流の男谷《おだに》道場で学んだことがあり、そのころから親交があったのだ。

「いずれ近いうちに、掃部頭さまが幕政を掌握《しょうあく》なされる。そうなれば、まちがいなく殿は掃部頭さまや相馬さまのご推挙で勘定奉行に栄進されるはずなのだ……殿が掃部頭さまや相馬さまの片腕として天下を担うことも夢ではないのだ。むろん、そこもとたちの望みもかなおう」

千草が言いつのった。

「そうなれば、われらの世がくるわけだな」

鷲津が目をひからせて言った。

「てまえの商いも、さらにひろがるはずでございます」

甚左衛門が口をはさんだ。五十がらみ、丸顔で鼻や口の大きな男である。物言いはやわらかかったが、声には自信に満ちたひびきがあった。

そのとき、一同から離れて座していた総髪の牢人が刀を手にして、ふらりと立ち上がった。

「おい、河合《かわい》、どこへ行く」

鷲津が声をかけた。

男の名は河合沢之助《さわのすけ》。二年ほど前に、上州から江戸に流れてきた牢人だった。寡黙な男で仲間たちとも、あまり話をしたがらない。

河合は中仙道《なかせんどう》の宿場を渡り歩きながら賭場の用心棒などをしていたが、喧嘩《でいり》のおり相手の親分の倅《せがれ》を斬って一家に追われて江戸へ流れてきたのである。

江戸へ出た河合は、辻斬りをして暮らしていたが、ある日通りかかった峰岸を狙った。ところが、近くに梶山と、その門下ふたりがいて、四人を相手にすることになってしまった。

　さすがの河合も、道場主の梶山と師範代の峰岸以下、四人に四方から囲まれてはかなわなかった。追いつめられ、もはやこれまでと観念したとき、

「おぬしの剣、斬るには惜《お》しい。われらの仲間にならぬか」

　と梶山に誘われ、誅殺組にくわわったのである。

「酒がまずい。飲み直してくる」

　河合がくぐもった声で言った。顔を伏せたまま顔に垂れさがった前髪を掻き上げようともしなかった。身辺に幽鬼を思わせるような雰囲気がただよっているのは、人を斬りすぎたせいかもしれない。

「せっかく、相模屋さんが用意してくれた酒だ。いっしょに飲んだらよかろう」

　猿島が言い添えた。

　河合は無言である。集まっている男たちに目もむけず、戸口の方へ歩きだした。それを見て、鷲津がさらに声を上げようとすると、

「かまうな」

　と、梶山が制した。

「あの男の虎伏の剣、これからもわれらの役に立つはずだ」

梶山が声をひそめて言った。

鷲津と猿島が顔をこわばらせて、座敷から出ていく河合の背に目をむけていた。その目に、嫌悪と恐れの色があった。

第三章　虎伏《とらぶせ》

1

助造は稽古着を着替えると、二刀を帯びて道場の戸口へむかった。

ふさと小四郎が待っていた。ふさは武家の娘らしく、草履履《ば》きで懐剣を所持していた。小四郎も二刀を帯びている。

ふさと小四郎が道場で稽古をするようになって、二ヵ月ほど経っていた。二月の初旬である。このところ助造は道場での稽古が終わるとふさと小四郎をともない、柳原通りを歩くことにしていた。岩本町にある武川家へふたりを送るためだが、助造たちは和泉橋を渡るとわざと遠まわりして、柳原通りを長く歩いた。

誅殺組を見つけ、何とか住処《すみか》をつきとめたいと思ったのだ。それに助造には、自分を足《あし》蹴《げ》にし唾を吐きかけた男をみつけたい気持ちも強かった。

助造は三人だけで歩くのは危険だと分かっていたが、道場での稽古だけでは気がすまなかったのである。それに、日暮れ前で人通りがあれば、誅殺組も襲ってこないだろうという読みもあった。

「参ろうか」

助造は先にたって道場を出た。

この二ヵ月ほどの間に助造の顔付きが変わっていた。頰の肉が抉《えぐ》りとったようにこけ、双眸が異様なひかりを帯びている。精悍《せいかん》というより、何かに憑《つ》かれたような凄絶な感じがした。

「はい」

ふさが答え、小四郎が姉の脇でうなずいた。

ふさと小四郎の顔付きも変わっていた。ふたりとも助造と同じように顔の肉が削げ、目が思いつめたようなひかりをたたえていた。娘らしさや子供らしい甘えは影をひそめたようである。

三人は道場を出ると、神田川沿いの通りへ出た。七ツ（午後四時）過ぎである。まだ西陽が通りを照らし、行き交う人のなかには女や子供も混じっていた。

三人が和泉橋のたもとまで来たとき、半町ほど後ろを御家人ふうの男がふたり歩いていた。横尾に命じられて、ふさと小四郎の尾行をつづけている御小人目付の館山文五郎《たてやまぶんごろう》と青《あお》木俊蔵《きしゅんぞう》だった。

助造たちを尾けているのは、館山と青木だけではなかった。菅笠をかぶり、白い笈摺《おいずり》を着て笈《おい》を背負った女の巡礼がいた。咲である。

咲はここ三日、巡礼に身を変えて助造たちを尾けていた。それというのも、深編み笠で顔を隠した武士が狩谷道場を見張り、遠くから助造たちの跡を尾けているのに気付いたからである。咲は誅殺組が助造たち三人の命を狙っているのではないかと思ったのだ。

この日、助造たちを尾ける深編み笠の武士の姿はなかったが、咲は柳原通りで待ち伏せしている可能性もあると見て、周囲に目をくばりながら助造たち三人の跡を尾けた。

助造たち三人は柳原通りへ出ると、尾行者がいることなど知らず、辻斬りらしい人影はないか、樹陰や物陰に目をやりながら歩いた。

柳原通りの道端には古着を売る床店が並び、大勢の人が行き交っていた。まだ、辻斬りが出るような雰囲気ではなかった。

助造たちはゆっくりとした足取りで、筋違御門の方へむかって歩いた。すでに、武川邸のある岩本町は通り過ぎていた。

歩いているうちに陽が家並のむこうに沈み、西の空が茜色の残照に染まってきた。暮れ六ツ（午後六時）ちかくなり、忍び寄る夕闇にせかされるように通行人が足早に行き交っている。古着屋も店仕舞いを始めたらしく、パタパタと引戸をしめる音が耳にとどいた。

助造たちは筋違御門の近くまで行ってきびすを返し、同じ道を岩本町の方へもどってきた。ゆっくり歩きながら、三人は土手際に植えられた柳や川岸へつづく小径《こみち》などに目をやり、胡乱《うろん》な武士の姿を探した。

途中、神田川の岸に柳森稲荷《やなぎのもりいなり》と呼ばれる叢祠《そうし》があり、柳原通りから稲荷につづく小道があった。その小道の灌木の陰にふたつの人影があった。ひとりは牢人、もうひとりは御家人ふうである。

助造は何気なく小道に目をやり、その場に凍りついたようにつっ立った。

——やつらだ！

助造はふたりの風貌に見覚えがあった。ひとりはいかつい顔で、眉が濃く、頤《おとがい》が張っていた。忘れもしない助造の頭を草鞋で踏み付けた男である。鷲津伝兵衛だが、助造は名は知らなかった。もうひとりは、荒《すさ》んだ感じのする三十がらみの牢人だった。使いこんだ黒鞘の大刀を腰に差している。島根房次郎《ふさじろう》という名で、やはり誅殺組のひとりだった。

「あの者たちです！」

ふさが目をつり上げて言った。小四郎も顔をこわばらせて、ふたりの男を睨《にら》むように見つめている。

「お、おのれ！」

助造の胸に激しい怒りが衝《つ》き上げてきた。思わず、助造は刀の柄を握りしめてふたりの方へ走りだそうとしたが、かろうじて思いとどまった。

三人でかかっても、ふたりに太刀打ちできぬことは助造にも分かっていた。いま、戦えば犬死である。助造は歯を食いしばって胸の内に衝き上げてきた憤怒に耐え、ふさと小四郎をうながして柳の陰へ身を隠そうとした。ここは、ふたりの男の跡を尾けて住処をつかむのである。そのために、遠まわりしてここに来ていたのだ。

そのとき、ふたりの武士が助造たちの方へむかって歩きだした。助造たちの姿を目にしたのかもしれない。

「逃げよう」

助造が、ふさと小四郎を振り返った。気付かれれば、逃げるしか手はない。まだ、柳原通りには人影があった。店をあけている古着屋もある。通りを逃げれば、追ってくるはずはないと思ったのだ。

ふいに、歩きかけた助造の足がとまり、その場に棒立ちになった。十間ほど先に深編笠の武士がいて、足早に助造たちの方へ近付いてくるのだ。

――挟み撃ちだ！

助造は、三人がこの場で待ち伏せしていたことを察知した。

尾行して誅殺組一味の住処をつきとめるどころか、自分たちが尾けられていたにちがいない。助造の顔から血の気が引いた。このままでは、ふさと小四郎も一味の餌食《えじき》になってしまう。

「ふさどの、小四郎どの、土手から逃げろ！」

助造はふたりの前に立って叫んだ。何とかふさと小四郎だけは逃がそうと思ったのだ。背後の土手を越えて川岸へ出れば、逃げられるかもしれない。助造はふたりが逃げるまで、この場で三人の足をとめようとした。

「逃げませぬ！」

ふさがひき攣《つ》ったような声で叫び、懐剣をにぎりしめた。小四郎も目を剝いて、身構えている。

「だめだ、この場を逃げるんだ」

助造が声を上げたが、ふさと小四郎は逃げようとしなかった。敵《かな》わぬまでも、ここで助造とともに戦うつもりらしい。

2

鷲津と島根が走り寄り、助造たちの前にたちふさがった。深編み笠の男も近寄ってきたが、鷲津たちとはすこし離れて足をとめた。深編み笠をとろうとしない。助造たちを始末するだけなら、ふたりで十分とみているのだろう。

「若造、言ったはずだぞ、われらに歯向かえば命はないとな」

鷲津が口元にうす笑いを浮かべて言った。

「おのれ！　辻斬りども」

憎い男の顔を目の当《ま》たり《あ》にして、助造の胸にふたたび憤怒が衝《つ》き上げてきた。胸が早鐘を打っていたが、以前より体の硬さはなかった。これまでの身を削ぐような稽古が、いくぶん助造に落ち着きを与えたのかもしれない。

助造は相手を凝視しながら居合腰に沈めて、左手で刀の鯉口を切った。そして、右手を柄に添えて抜刀体勢をとった。

「うぬの居合は、わしにつうじぬ」

そう言うと、鷲津はゆっくりとした動きで抜刀した。余裕であろうか、口元にうす笑いが浮いている。

ふたりの間合はおよそ三間。鷲津は刀身を振り上げて八相《はっそう》に構えた。以前対峙《たいじ》したときと同じ、大樹を思わせるような大きな構えである。

ふさと小四郎もそれぞれ懐剣と刀を抜いて、身構えていた。ふたりとも、腰が引けて手だけを前に突き出すような構えである。極度の緊張で顔が紙のように蒼ざめ、体が顫えている。

ふさと小四郎の前に立ちふさがっているのは島根である。島根も抜刀し、青眼に構えていた。正面に立ったふさの目に、ピタリと剣尖をつけている。島根も遣い手らしく、腰の据わった隙のない構えだった。ふさと小四郎がふたりでかかっても、太刀打ちできそうもない。

「おまえたちか、父上を斬ったのは！」

ふさが甲走った声を上げた。目がつり上がり、胸の前に構えた懐剣の切っ先がワナワナと震えている。

「知らぬな」

島根は鼻先で嘲笑しただけだった。

助造は、早く勝負をつけなければと思った。長引けば、ふさと小四郎が牢人体の男に斃《たお》されるだろう。

――虎足《こそく》を遣う。

虎足は獲物を狙う猛虎のように敵の正面に一気に迫り、敵の鍔元《つばもと》へ抜きつける技だった。突然の仕掛けに敵の腰が浮き、構えがくずれるのである。通常、虎足は敵がまだ抜いていないか、青眼の構えを取っているときに遣うが、助造は八相の相手に虎足を遣うつもりだった。敵の構えをくずしておいて、二の太刀で仕留めようとしたのだ。

助造は抜刀体勢を取ったままスルスルと鷲津との間をつめていった。だが、鷲津は八相に構えたまま微動だにしなかった。ふたりの間合がせばまるとともに、痺《しび》れるような剣気がふたりをつつんだ。

イヤアッ!

突如、助造が抜きつけた。

腰元で刃光がきらめき、切っ先が八相に構えた敵の左手に伸びる。

オオッ、短い気合を発し、鷲津は八相から上段に構えをなおした。助造の切っ先は鷲津の胸元をかすめて空を切った。

が、鷲津が大きく上段にとったために一瞬胴があいた。

——みえた!

助造は咄嗟に刀の峰を返し、刀身を引いて横一文字に払った。

稲妻である。助造は虎足から稲妻を連続して遣ったのである。だが、鷲津は素早い動きで身を引きざま上段から袈裟に斬り下ろした。

助造の切っ先が鷲津の着物だけを裂き、鷲津のそれが助造の肩先をかすめた。鷲津が助造の斬撃をかわそうとして大きく身を引いたため、お互いの斬撃がとどかなかったのである。

次の瞬間、ふたりは大きく後ろへ跳んで間合を取った。

鷲津の顔に驚きの色があった。以前、対戦したときより、助造の斬撃が各段に鋭かったからであろう。

「若造、やるな」

言いざま、鷲津が八相に構えた。

と、助造も同じように八相に構えた。山彦である。助造は抜刀からの技である山彦で鷲津に勝負を挑んだのである。

鷲津の顔に戸惑うような表情が浮いた。居合を遣う助造が、自分と同じように八相に構えるとは思わなかったのだろう。だが、すぐに戸惑いの表情は消えた。鷲津は全身に気勢を込め、助造を威圧しながらジリジリと間合を狭めてきた。助造も同じように鷲津との間合をせばめていく。

ふたたび、鷲津の顔に驚きと戸惑いの表情が浮いた。助造が鏡に映したように自分とまったく同じ動きをしていることに気付いたのだ。

鷲津は寄り身をとめ、助造の動きを確かめるように左拳をピクッと動かした。

と、助造も同じように左拳を動かした。

「まやかしの剣か」

言いざま、鷲津は一歩踏み込み、斬撃の気配を見せた。

そのときだった。ワッ、という悲鳴を上げて、ふさが尻餅をついた。迫ってきた島根の威圧に押され、間合をとろうとして後じさり、踵《かかと》を石にでも当てたらしい。

「小娘、命をもらった」

声を上げざま、島根が大きく振りかぶった。

そのとき、ふいに肌を打つような音がして島根の体がのけ反った。石礫《いしつぶて》だった。何者かが投げた石礫が島根の背に当たったのである。

「待て！」

つづいて男の声がし、走り寄る足音がした。

御小人目付の館山と青木だった。ふたりは、助造たちが鷲津たちに取りかこまれたのを見てすぐに駆け寄り、ふさの危機を救うべく石礫を投げたのである。

館山と青木の姿を見た深編み笠の男が、編み笠を取って叢《くさむら》に放り投げた。猿島市之丞だった。

「うぬら、目付の配下だな」

猿島はふたりに対峙して抜刀した。

これを見た島根もふさと小四郎を打ち捨てておき、きびすを返して切っ先を館山たちにむけた。新たな敵に立ち向かおうとしたのである。

ふさは立ち上がって小四郎とともに島根に刃をむけたが、すこし間合をとっていた。恐怖に襲われたようだ。

館山と青木も刀を抜いた。ふたりとも腕に覚えがあるらしく、臆《おく》した様子はなかった。

3

猿島は館山と対峙し、島根は青木と切っ先を向けあった。

だが、猿島と島根の方が遣い手のようだった。猿島は八相、島根は青眼に構え、グイグイと間合をつめていく。

タアッ！

鋭い甲声《かんごえ》とともに猿島が、八相から真っ向へ斬り込んだ。覆いかぶさるような斬撃だった。

咄嗟に、館山が頭上で受けた。だが、猿島の剛剣に押され、体勢がくずれて後ろへよろめいた。すかさず、猿島が袈裟に二の太刀をふるう。

館山の左の肩先が裂け、血飛沫《ちしぶき》が上がった。館山は悲鳴を上げ、手にした刀を取り落とした。右手で肩先を押さえ、顔を苦痛にゆがめながら後ろへ逃げた。

猿島につづいて島根も仕掛けていた。青眼に構えたまま一気に青木との斬撃の間に踏み込むと、切っ先を伸ばして胸元を突くと見せて、一瞬、籠手へ斬り落とした。敏捷な太刀捌きである。

青木は突きをかわそうとして上体を引いた瞬間、右籠手を斬られた。前腕がざっくりと裂けている。だが、骨までは断たれなかった。呻《うめ》き声を上げながら、青木は後じさった。

島根がすばやい寄り身で青木との間をつめてきた。そして、二の太刀をふるおうと刀身を振り上げた。

そのときだった。大気を裂く音がし、棒手裏剣が飛来した。

グッ、と喉のつまったような声を上げて、島根がのけぞった。手裏剣が背に刺さっている。島根は苦悶に顔をしかめ、這《は》うようにして柳の陰へ逃れた。

「なにやつ！」

この様子を見た猿島が振り返った。

刹那、手裏剣が飛来し、猿島の肩先をかすめて叢に突き刺さった。

猿島の目に、暮色に染まった土手際の丈の高い雑草のなかに疾走する白い人影が一瞬映ったが、すぐに柳の陰に消えた。野犬を思わせるような俊敏な動きである。咲だった。むろん、猿島たちは咲のことを知らない。

猿島の顔がこわばった。新たな敵と察知したのだ。それも、尋常の相手ではない。

「新手だ、引け!」

叫びざま、猿島は反転して駆けだした。

このとき、鷲津は助造と対峙していたが、状況を察知すると後ずさりし、間合があくときびすを返して猿島の後を追った。

島根だけは逃げず、柳の根元にうずくまって呻き声を洩らしていた。手裏剣で深手を負ったらしい。

助造は逃げる鷲津を追わなかった。ふさと小四郎が気になり、ふたりのそばに駆け寄った。

ふさと小四郎は、その場につっ立ったまま蒼ざめた顔で打ち顫えていた。

「大事ないか」

助造が声をかけた。

ふたりとも、負傷した様子はなかった。興奮と恐怖でわれを失っているだけである。

「す、助造どの、大事ありませぬ」

ふさが、声を震わせて言った。

そこへ、館山と青木が刀をひっ提げたまま歩を寄せてきた。ふたりは苦痛に顔をゆがめていた。館山は血に染まった左肩先を押さえ、青木は裂かれた右腕を腹に押し当て、左手で強く押さえていた。ふたりの出血は多かったが、命にかかわるような傷ではないようだ。

「あなたたちは？」

助造が訊いた。

「われらは、横尾さまの配下でござる。そこもとたちを敵から守るため尾けていたのだが、思ったより手練で……」

館山が無念そうな顔をして言った。

「われらを助けてくれた御仁が、いたが」

そう言って、青木は咲が姿を消した柳の陰に目をやった。

そこに、白い人影はなかった。枯れた芒《すすき》や蓬《よもぎ》などが風になびき、夕闇がひっそりとつつんでいる。

「分かりません」

助造はちいさく首を横に振った。咲ではないかと思ったが、はっきりしなかった。それに、伊賀者のことを館山たちに話していいかどうか判断できなかったのだ。

「われらの味方であることは、まちがいないようだ」

館山が傷口を押さえながら言った。

「そのようだ。……敵のひとりが残っていたな」

青木が思い出したように言って、柳の根元にうずくまっている島根に目をむけた。かすかに、呻き声が洩れている。

すぐに、館山と青木が島根に近寄った。助造たちも、そばに行ってみた。

見ると、島根の背に手裏剣が刺さり、着物がどっぷりと血に染まっていた。島根は肩先を震わせ、喉の奥にこもったような呻き声を洩らしていた。その横顔は土気色をし、苦悶に顔をゆがめていた。

だれの目にも、死が迫っていることが分かった。手裏剣の先が心ノ臓まで達しているのかもしれない。

「うぬの名は」

館山は語気を強くして誰何《すいか》した。

だが、島根は反応しなかった。それればかりか、館山の声がした後すぐに島根の体が大きく揺れ、くずれるように前につっ伏した。

そのまま島根は動かなかった。呻き声も聞こえなかった。絶命したらしい。

「引き上げよう」

館山が肩先を押さえたまま言った。まだ出血しているらしく、新しい血の色が着物を染めている。

4

――出て来たぜ！

弐平が胸の内で叫んだ。

桔梗屋の店先から鉢谷と中背の武士が姿を見せたのだ。武士は羽織袴姿で二刀を帯び、御家人ふうであった。

弐平がいるのは、桔梗屋の斜向《はす》かいにある小間物屋の角だった。そこから桔梗屋を見張っていたのである。すでに辺りは夜陰につつまれ、小間物屋は店仕舞いしてひっそりとしていた。

この日、弐平は午後から鉢谷の住処である神田明神の近くの借家を見張り、鉢谷と中背の武士が路地木戸から出てくるのを目にしたのだ。

弐平はふたりの跡を尾け、桔梗屋に入ったのを確認した。まず、一刻（二時間）は出て来ないだろうと踏んで、近くのそば屋で腹拵《ごしら》えをしてからこの場にもどって見張りをつづけていたのである。

鉢谷と武士は、黒門町の通りから下谷広小路へ出た。日中は通行人や寛永寺の参詣客、岡場所目当ての遊客などでごった返しているのだが、いまは夜の静寂につつまれていた。ただ、ぽつぽつと人影があった。料理茶屋で過ごした飄客、岡場所として知られた山下へ繰り出す遊客、それに夜鷹などの私娼である。

弐平はふたりの跡を尾け始めた。尾行は楽だった。弐平の姿は夜陰が隠してくれたし、通りを行き交う人影が弐平の足音も消してくれたのだ。

鉢谷と武士は広小路をいっとき歩くと足をとめ、何やら言葉を交わしてから別れた。鉢谷は御成《おなり》街道を湯島の方へむかって歩いていく。一方、武士は左手にまがり町家の間の路地を御徒町の方へむかった。

弐平はすぐに武士の跡を尾け始めた。鉢谷の住処は分かっていた。弐平が知りたかったのは武士の素性と住処である。

通りはひっそりと寝静まっていた。どの家も板戸をしめ、洩れてくる灯もなく夜陰のなかに沈んでいる。

弐平はすこし間をとり、軒下闇や物陰に身を隠しながら武士を尾けた。弐平は頭上の月光に、自分の姿が照らし出されるのを恐れたのである。

武士は御家人や小身の旗本屋敷が軒を連ねる通りを慣れた様子で歩いていく。そして、仲御徒町《なかおかちまち》に入ってすぐ、四辻の角にあった小体《こてい》な屋敷へ入っていった。微禄の御家人のものと思われる住居である。

弐平は戸口のそばの灌木の陰に身を寄せた。引き戸をあける音につづいて、くぐもったような男の話し声が聞こえてきた。家のなかに、別の男がいたらしい。弐平は耳をそばだてたが、話の内容は聞き取れなかった。

――今夜はここまでかい。

弐平はそうつぶやいて、樹陰から通りへもどった。武士の名や素性を探るのは、明日からである。

翌朝、弐平はさっそく仲御徒町へやってきた。武士が入った家を見た後、通りを歩きながら話の聞けそうな相手を探した。通り沿いに小身の旗本や御家人の屋敷がごてごてとつづき、話の聞けそうな店はなかった。それに、町人体の弐平が武家屋敷へ入って話を聞くわけにはいかなかったのである。

しばらく路傍で佇《たたず》んでいると、人のよさそうな老武士がやってきた。隠居した御家人であろうか。袷《あわせ》に軽衫《かるさん》、腰に脇差だけを差していた。丸顔で目が細く、好々爺《こうこうや》然としたおだやかな顔をしていた。それに、ゆっくりと歩く姿はいかにも暇《ひま》そうである。

「お武家さま、ものをお尋ねいたしますが」

弐平は腰を深く折り、丁寧な物言いで話しかけた。

「何かな」

老武士は笑みを浮かべて立ちどまった。

「てまえは、弐造《にぞう》ともうします。昨夜、ここを通りかかったおり、以前、てまえがならず者に因縁をつけられて難儀しているときに、助けていただいたお武家さまにそっくりなお方をお見かけしたのでございます」

弐平は念のため偽名を使い、もっともらしい作り話を口にした。

「それで」

「はい、お名前は存じませんが、そのお方は、あそこの四辻の角のお屋敷に入ったのでございます」

弐平は武士の入った家を指差した。

「ああ、峰岸恭助どのか」

そう言った老武士の微笑が消えた。そして、一瞬苦々しい表情が浮いたのである。どうも、峰岸という武士のことを快《こころよ》く思っていないらしい。

「立派な方のようでしたが……」

弐平はそれとなく、水をむけた。

「子細は存ぜぬが、峰岸家は非役でな、父母が死んでから独り暮らしのようじゃ」

「剣術がお強いようでしたよ」

弐平は峰岸が誅殺組なら、そこそこの遣い手のはずだと思ったのである。

「若いころから、直心影流の道場へ通っていたと聞いておる」

「すると、本所亀沢町の道場に」

亀沢町に直心影流十三代目を継いだ男谷精一郎《せいいちろう》の道場があった。咄嗟に、弐平の頭に男谷道場のことが浮かんだのである。

「亀沢町の道場ではないと聞いていたがな」

「別の道場なんで？」

「どこの道場かは知らぬ」

老武士の顔に不審そうな表情が浮いた。弐平の問いが、町方の尋問のようだったからであろう。

「あの家には、峰岸さまの他にもいるようでしたがね」

弐平はかまわず食い下がった。

「ちかごろは、得体の知れぬ武士や牢人が出入りしているようじゃ。何をしているのか、かかわりになるのを恐れて、近所の者は近付かぬようだ」

老武士が不快そうに言った。

「峰岸さまは、虎と呼ばれてませんかね」

弐平は、唐十郎から聞いたことを口にしてみた。

「虎じゃと」

老武士は怪訝《けげん》な顔をした。思いもしなかった問いだったのかもしれない。

「へい、仲間内で虎と呼ばれてるそうなんで」

「知らぬ。おぬし、町方か」

老武士が弐平を睨んだ。弐平の問いから、町方の聞き込みと察知したようだ。

「いえ、あっしは、ただ助けていただいた方にお礼をしたいと思っただけなんで」

そう言って、弐平は首をすくめるように頭を下げると、お手間をとらせやした、と言い残し、あたふたと老武士の前から走り去った。

5

夜気が澄み、頭上の寒月が妙に大きく見えた。神田川の岸辺に群生した葦《あし》や芒が立ち枯れ、月光に白くひかってサワサワと川風に揺れている。

川沿いにちいさな稲荷があった。祠《ほこら》の前に赤い鳥居があり、その左右に数本の樫《かし》や檜《ひのき》などが植えられていた。その樹陰に人影があった。総髪で痩身、面長で顎がとがっている。

河合沢之助である。

河合は立ったまま通りの先に目をやっていた。前髪が顔に垂れ、眼窩《がんか》が落ちくぼみ、生気のない蒼ざめた顔をしていた。ただ、双眸は夜陰に身をひそめて獲物を狙う獣のように炯々《けいけい》とひかっていた。

河合の焦茶《こげちゃ》の羽織と羊羹《ようかん》色の袴は闇に溶けていた。幽鬼を思わせるような不気味な顔だけがうすく浮かび上がったように見えている。

河合がいるのは小川町の駒田屋敷から数町離れた場所だった。河合は駒田家の用人、矢沢助左衛門を斬るつもりでひそんでいたのである。

一昨夜、河合たちが相模屋の寮で飲んでいるとき、千草が、

「矢沢を始末したい」

と言い出した。千草によると、矢沢は当主の駒田の命を受け御目付の杉浦や勘定吟味役の世良と連絡を取り合い、岸山の探索や誅殺組の壊滅を謀《はか》っているひとりだという。

「おれが斬ろう」

即座に言ったのが、梶山だった。すると、脇に座していた峰岸が、てまえもごいっしょいたします、と言い添えた。

「いや、梶山どのは動かぬ方がいい」

千草が屈託のある顔で言った。

「なぜです」

「島根どのを斃した者が気になるのだ。手裏剣を遣ったことからみて、幕府の隠密かもしれぬ」

千草や梶山たちは、猿島と鷲津から島根が手裏剣で斃されたときの様子を聞いていたのだ。

「御庭番《おにわばん》でござるか」

梶山は驚いたような顔をした。

「いや、御庭番ではあるまい。……阿部さまの命でひそかに動く伊賀者がいると、岸山さまから聞いたことがある。その者たちではあるまいか」

「すると、伊賀者が敵側についたと！」

梶山の声が大きくなった。同座した峰岸や猿島の顔にも驚きの色があった。

「おそらく、阿部さまが岸山さまの探索をひそかに命じたのであろう」

「うむ……。厄介なことになりましたな」

梶山の顔に戸惑いと憂慮の表情があった。梶山たちにすれば、予想もしなかった敵の出現なのである。

「それで、梶山どのは迂闊《うかつ》に動かぬ方がよいと思った次第なのだ」

千草が一同に目をやりながら言った。

次に口をひらく者がなく、座は沈鬱な雰囲気につつまれていたが、

「だが、手をこまねいてみていることはないぞ。伊賀者であろうと、御目付であろうと斬ってしまえばいい」

鷲津が顔を赭黒く紅潮させて言った。

「鷲津どのの言うとおりだ。懸念することはない。こちらには、相馬さまや掃部頭さまがついておられるのだ。それに、矢沢を斬れば、駒田も震え上がるはずだ」

千草が語気を強めて言った。

そのとき、座敷の隅で手酌で酒を飲みながら話を聞いていた河合が、

「矢沢は、おれが斬ろう」

と、くぐもった声で言った。

このとき、河合は梶山や千草のことを考えたわけではなかった。河合はただ人が斬りたいと思っただけである。このところ、しばらく人を斬っていなかった。血に飢えていたといっていい。

「そうか、河合どのが斬ってくれるか」

梶山がうなずきながら言った。

すると、千草もほっとしたような顔をして、

「河合どのなら、安心してまかせられる」

と、言い添えた。

梶山や千草は河合の剣の腕を高く買っていたが、それだけではなかった。河合なら狩谷や伊賀者に探られても辻斬りで通り、岸山や誅殺組とのつながりを手繰《たぐ》られる恐れもないという読みもあったのである。

それから千草は、駒田家の様子を探っている者がおり、甚吉《じんきち》なる中間《ちゅうげん》を通して矢沢の動きを知らせてくれる手筈になっていることを河合に伝えた。

そして、昨夜、河合は甚吉と会い、このところ、矢沢は陽が沈むと屋敷を出ることがあるという話を聞いた。

「ならば、駒田家の近くで待ち伏せよう」

そう河合が言い、この稲荷で待つことにしたのである。

河合がこの場にひそんで三日目だった。まだ、矢沢は姿を見せなかった。すでに、六ツ半（午後七時）ごろであろう。

——だれでもいいから斬りたい。

と、河合は思った。長い間、獲物を待って藪にひそんでいる獣に似ていた。両眼が爛々《らんらん》とかがやき、体中の血が滾《たぎ》っている。生気のない顔が高揚し、唇だけが朱を掃《は》いたように赤かった。

そのとき、走ってくる足音がした。夜陰に目を凝らすと、縞柄の着物を尻っ端折りした男の姿がぼんやりと浮かび上がった。甚吉である。

甚吉は樹陰にひそんでいる河合のそばに走り寄ると、

「だ、旦那、来やした」

と、息を弾ませて言った。

「ひとりか」

「ふたりです」

「矢沢と、もうひとり供を連れて来やす」

「矢沢さまがひとり供を連れて来やす」

甚吉によると、矢沢が田村《たむら》という若党を連れて屋敷を出たという。

「斬ろう」

河合は早く人を斬って体中で騒ぎたてている血の滾りを静めたかった。

「来やすぜ、あの提灯がそうで」

甚吉が声をひそめて言った。

見ると、夜陰に提灯の灯が見えた。こちらに近付いてくるようである。

「甚吉、おまえはここに隠れていろ」

河合は、いそいで袴の股立をとって樹陰から出た。そして、路傍の叢に身をかがめた。叢といっても枯れ草が膝ほどしかなかったので、河合の姿は隠れなかった。すこし前屈《かが》みになり、顔を前に突き出すようにして身構えている。まさに、黒い獣が叢に伏して獲物を待っているような格好だった。ただ、その姿は夜陰に溶けていたので、提灯で照らさなければ気付かれないだろう。

提灯の灯がしだいに近付き、ふたりの足音が大きくなった。提灯を持っているのが、田村という若党のようだ。

——ふたりとも斬る。

河合は胸の内でつぶやいた。

6

矢沢は湯島へむかっていた。湯島の三崎屋《みさきや》という料理屋で横尾と会い、その後の探索の様子と杉浦の要望などを聞くつもりだった。野須も同席するはずだが、午後から屋敷を出ており直接三崎屋へ顔を出すことになっていた。

「だいぶ、暖かくなったな」

矢沢が提灯を手にして前を歩く田村に声をかけた。

神田川の川面を渡ってくる風は冷たかったが、それでも春の到来を感じさせるやわらかさがあった。

「亀戸《かめいど》の梅が、見頃だそうでございます」

亀戸には梅屋敷と呼ばれる梅の名所があった。

「だが、梅見などに行ってはおられん」

矢沢は急に現実にもどったように顔をけわしくして言った。矢沢が駒田家の用人になってすでに三十年近く経つ。これまでも、矢沢は駒田の指示で謀りごとをめぐらし、政敵と戦ってきた。ただ、家士が斬殺されたり屋敷内で切腹させたりするようなことは今までになかったことだった。それだけでも、矢沢は駒田家がいままでとちがう大きな騒動の渦中に置かれていることが実感できた。

そのときだった。提灯を手にした田村が、ギョッとしたように立ち竦《すく》み、

「な、何かが、います」

と、声を震わせて言った。

路傍に突き出された提灯の明りに、ぼんやりと黒い物が浮き上がっていた。それは人らしくなかった。矢沢の目に、叢のなかに大きな獣がひそんでいるように映った。双眸が獲物を睨むように白くひかっている。

ふいに、黒い物が動いた。人だった。河合である。むろん、矢沢たちは河合の名を知らない。河合の姿は獲物を狙う野獣に似ていた。低く腰を沈め、上体を前に倒すように身構えている。

「虎伏……」

河合がつぶやいた。まさに、虎だった。その姿には、叢に伏して獲物を狙う猛虎の迫力

があった。

刹那《せつな》、つつッと河合の体が動いた。刀身を後ろに引き、上体を前に倒した低い姿勢のまま地面をすべるように急迫してくる。河合の身構えはひどく低かった。矢沢には河合の目の高さが腰のあたりにあるように見えた。夜走獣のようである。

ワッ、と声を上げて、田村が手にした提灯を河合にむかって投げ付けた。河合は身を寄せざま、提灯を左手で払った。

提灯が路傍に飛び、ボッという音をたてて燃え上がった。

河合の黒い姿が夜陰に浮かび上がった、その瞬間だった。河合が低く身構えた腰のあたりから赤い刃光が横一文字に疾《はし》った。燃え上がった火を刀身が反射《はね》たのである。

ギャッ、と田村が叫んで飛び上がった。いや、飛び上がったのではない。田村は右の脛のあたりを截断され、咄嗟に上体を後ろへ反り返したのである。

河合は、よろめいて転倒した田村に見向きもしなかった。低い姿勢のまま矢沢に身を寄せると、ふたたび刀身を横に払ったのである。

にぶい骨音がし、矢沢の右足が地面に転がった。河合の動きは迅かった。一瞬の流れるような体捌きである。

矢沢が喉を裂くような絶叫を上げ、片足で逃れようとした。截断された足から、血が音をたてて地面に流れ落ちている。

河合は矢沢の背後に追いすがり、身を起こしざま袈裟に斬り込んだ。

次の瞬間、矢沢の首が横にかしげ、首根から血飛沫《ちしぶき》が驟雨《しゆうう》のように噴出した。矢沢は血を撒きながら片足でよろめいたが、すぐに転倒し、地面につっ伏したまま動かなくなった。

炎は細くなったが、まだ提灯は燃えていた、淡い火影のなかに、返り血を浴びた河合の顔が浮かびあがっていた。

前髪が垂れ、半顔が血に染まり、双眸が炯々とひかっていた。凄絶な面貌《おもて》は夜叉のようだが、異様なひかりを放つ両眼だけは猛虎を思わせるような猛々しさがあった。

田村が、ヒイヒイと喉を鳴らし、地面を這って逃れようとしていた。截断された右足から流れ出た血が地面に赭黒《あかぐろ》い筋を引いている。

「逃さぬ」

河合は田村に近付き、背中に刀身を突き刺した。

グッ、と喉のつまったような呻き声を上げて、田村はのけ反ったが、そのまま前につっ伏した。

河合が刀身を抜くと、田村の背中から血が噴いた。心ノ臓を突き刺したのである。田村は四肢を痙攣《けいれん》させていたが、いっときすると動かなくなった。絶命したらしい。

提灯の火が消え、黒い幕を下ろすように夜陰が河合をつつんだ。静寂がもどってきた。

死体から滴り落ちる血の音がかすかに聞こえた。頭上の月が輝きをとりもどし、青磁色の淡いひかりを地表に降らせている。

河合は田村の死骸のそばにかがみ、袂《たもと》で刀身の血を拭ってから納刀した。体中で滾《たぎ》っていた血が潮が引くように収まってきた。胸に鬱屈《うっくつ》していたものが霧散し、快い解放感が河合の身をつつんだ。

「すげえや！」

稲荷の樹陰から通りへ出てきた甚吉が、ふたりの死体を見て驚愕の声を上げた。

河合は懐手をすると、何事もなかったように歩きだした。

「旦那、どこへ行くんで？」

甚吉が後を追いながら訊いた。

「酒だ。これで、旨い酒が飲めそうだ」

河合の口元にうす笑いが浮いている。血に染まった顔に浮いた笑いは、見る者の心を凍らせるような酷薄さがあった。

甚吉は、竦《すく》んだようにその場につっ立ったまま遠ざかっていく河合の背を見送っていた。

7
「直心影流の峰岸恭助か」

唐十郎は弐平から名を聞いたが、思い当たる者はいなかった。

「あっしは、鉢谷の仲間とみてるんですがね」

弐平が言った。

弐平は老武士から話を聞いた後、二度仲御徒町へ足を運んで峰岸のことを聞き込んでいた。それによると、峰岸は二十俵二人扶持の御家人で非役だという。

峰岸の家にはちかごろ得体の知れぬ武士や牢人が出入りし、近所の者はかかわりになるのを恐れて避けているそうである。

「そうかも知れん」

唐十郎も、峰岸は誅殺組のひとりだろうと思った。

「旦那、どうしやす」

弐平が唐十郎の顔を見ながら訊いた。

「まず、鉢谷を斬るか。……いつまでも、やつらの思いどおりにさせておくこともあるまい」

唐十郎が低い声で言った。

野須と横尾が道場に顔を出し、駒田家の用人の矢沢と若党の田村が斬殺されたことを話したのは昨日のことだった。

道場内には、唐十郎のほかに弥次郎、助造、ふさ、小四郎の顔もあった、いずれも、けわしい顔で野須の話を聞いていた。

「殺ったのは、虎伏の剣を遣う男です」

野須が、矢沢と田村はそれぞれ片足を截断されていたことを言い添えた。

「場所は」

唐十郎が訊いた。まさか、駒田家に刺客が侵入したとは思えなかった。

「屋敷から数町離れた神田川沿いです」

野須によると、矢沢は湯島の三崎屋という料理屋へ行くつもりで屋敷を出て、すぐに襲われたらしいという。

その夜、矢沢たちが帰らなかったため、翌朝まだ暗いうちに駒田の指示で屋敷に奉公している若党や中間たちに付近を探させ、ふたりの死体を発見した。すぐに、ふたりの死体は屋敷に引き取られ、野須も死体を検分したという。

「矢沢が湯島へ行くことを、駒田家の者はみな知っていたのか」

唐十郎は、虎伏の剣を遣う男が駒田邸の近くで待ち伏せていたのが気になった。

「いえ、駒田さまと数人の家臣だけです」

野須が言った。

「どうも、駒田家の動きが敵方に洩れているような気がするのだが……。赤松だけでなく、誅殺組に内通している者がいるかもしれんな」

唐十郎が小声で言った。

「おれも気になっていた」

横尾が言った。

横尾の話によると、岸山と相模屋を探っていた御小人目付の小山内や谷垣が、敵の手に落ちたのが腑に落ちないという。

「ふたりとも、探索の腕はいい。容易に気付かれるはずはないのだが……」

横尾は首をひねった。

「うむ……」

そう言われれば、助造たちの襲撃もそうだった。咲が助勢しなければ、助造たち三人を守るために尾行していた館山と青木も敵の手に落ちたのではあるまいか。誅殺組は、ふたりの御小人目付のことも念頭において、三人の手練で助造たちを襲ったとも考えられる。

そのとき、腕組みをして黙考していた野須が、

「それがしも、そんな気がする。われらの身辺に内通者がいると……」

と、虚空を睨むように見すえて言った。

次に口をひらく者がいなかった。いっとき、道場内は重苦しい沈黙につつまれていたが、

「駒田家のことは、それがしが探ります」

と、野須が語気を強めて言った。

「それがいいだろう」

横尾も同意した。

「それにしても、敵は攻勢をかけてきたな」

守勢にまわっているのは、唐十郎たちだった。唐十郎たちが駒田側に与《くみ》してから後も、御小人目付の小山内と谷垣が斬殺され、つづいて矢沢と田村という若党が敵の手に落ちたのである。一方、唐十郎たちが仕留めたのは、助造たちを襲った三十がらみの牢人ひとりだった。しかも、斃したのは咲である。

咲のことは野須と横尾に伝えてあった。ただ、唐十郎は阿部の直属の伊賀者とだけ話したのだ。

「われらが懸念しているのは、岸山の不正をあばく前に、世良さまや杉浦さまの命も狙ってくるのではないかということだ」

横尾が言った。その顔に苦慮の翳《かげ》が張り付いている。

勘定吟味役の世良と御目付の杉浦は、今度の事件を追及する中核だった。ふたりが命を失うようなことになれば、横尾や野須がどう動いても岸山や暗殺をくりかえしている一味を追いつめることはできなくなるだろう。

「敵の住処が分かりしだい斬ろう」

唐十郎は、こちらが攻勢に出ることで敵の動きを封じることができるのではないかと思ったのだ。

「旦那、明日にでも鉢谷の塒に案内しやすぜ」

弐平が丸い目をひからせて言った。

「その前に、鉢谷の顔をおがんでみよう」

唐十郎は、ひとりで鉢谷を始末する気でいたが、その前に助造に鉢谷の顔を見せるつもりだった。鉢谷が助造を足蹴にした男ならば、助造に助勢して無念を晴らさせてやってもいいと思ったのだ。

「それじゃァ、明日、寄らせてもらいやすぜ」

そう言い置くと、弐平はきびすを返して庭先から出ていった。

翌日、唐十郎は道場にいる助造を呼んで、ひそかに誅殺組のひとりを斬りに行くことを話した。他の者には話さなかった。誅殺組に内通している者に洩れることを恐れたのである。

「お師匠、わたしも連れていってください」

助造は切願した。

「いいだろう」

唐十郎はすぐに承知した。

陽が西にまわってから、弐平が道場に姿を見せた。三人はすぐに神田明神社の近くにある鉢谷の住処にむかった。

8

「旦那、あれが鉢谷の塒ですぜ」

弐平が路地の先を指差して言った。

路地の突き当たりに板塀をめぐらせた小体な家があった。近所は裏店や空き地などがつづく寂れた場所だった。辺りに人影もなく、ひっそりとして人声や物音も聞こえてこなかった。

「あっしが様子を見てきやす。ふたりは、ここにいてくだせえ」

そう言い残して、弐平が板塀の方へ走っていった。

弐平は板塀に身を寄せて、家の様子をうかがっているようだったが、いっときすると唐十郎のそばにもどってきた。

「旦那、いやすぜ」

「ひとりか」

「ひとりのようだが、はっきりしねえ」

弐平によると、人がいるらしく家のなかで物音がするが、話し声が聞こえないので、何人いるかはっきりしないという。なかにいるのが、鉢谷かどうかも分からないようだ。

「しばらく、様子をみてみるか」

まだ、陽は西の空にあった。寂しい場所だが、家のなかに踏み込んで騒ぎを大きくしたくなかった。

唐十郎たちは板塀のそばに行き、家の裏手へまわり込んだ。そこは空き地になっていて、塀沿いに芒や笹などが密集していた。その藪のなかにかがみ込めば、だれか路地を通っても唐十郎たちに気付くことはないだろう。

狭い庭があった。耳を澄ますと、家のなかからときおり引き戸をあける音や床板を踏む音などが聞こえてきた。弐平の言ったとおり、話し声は聞こえてこなかった。

――独りのようだ。

と、唐十郎は思った。しばらく聞き耳をたてていたが、複数の足音や別の場所で同時に物音が聞こえることはなかったのだ。

半刻（一時間）ほどすると陽が家並の向こうに沈み、辺りは淡い暮色につつまれてきた。

頃合だ、と唐十郎は思い、立ち上がった。

「旦那、やりやすかい」

弐平が目をひからせて言った。

「やつを、庭へ呼び出そう」

まず、鉢谷かどうか確認したかった。それに、助造に鉢谷の顔を見せねばならなかった。

唐十郎は足音を忍ばせて枝折り戸から敷地内に入り、庭へまわった。弐平と助造も忍び足で跟《つ》いてきた。

狭い庭だった。植木のようなものはなく、雑草がはびこっていた。ただ、斬り合いをするだけのひろさはある。

庭の先に狭い縁側があり、障子のむこうで瀬戸物の触れ合うような音がした。酒でも飲み始めたらしい。

「鉢谷慎兵衛、顔を出せ！」

唐十郎が声を上げた。

すると、物音がやんだ。人の動く気配はない。外の様子をうかがっているようだ。

「臆して、姿を見せられぬか。出てこなければ、踏み込むぞ」

唐十郎がさらに声を上げると、障子のむこうで人影が動いた。

ふいに、障子がひらき、男がひとり姿をあらわした。髭の濃い、肌の浅黒い男である。

男の顔に驚きと戸惑いの表情があったが、唐十郎を見すえた目は鋭かった。

「やつだ、鉢谷だ」

弐平が声を殺して言った。

唐十郎はかたわらに立っている助造に目をやり、あの男か、と訊いた。助造はこわばった顔で首を横に振った。どうやら、助造たちを襲った男ではないようだ。

「狩谷、三人がかりでなければ、おれは討てぬか」

鉢谷が揶揄《やゆ》するように言った。どうやら、唐十郎のことを知っているようである。

「おまえの相手は、おれひとりで十分だ」

言いざま、唐十郎は後ろへ下がった。鉢谷が庭へ下りる間を取ったのである。

助造と弐平は後ろに身を引いた。この場は唐十郎にまかせるつもりなのだ。

「よかろう、相手してやる」

鉢谷は手にした大刀を腰に帯び、ゆっくりとした動きで庭へ下りた。

遣い手のようである。立ち居に隙がなかった。肩幅がひろく胸が厚かった。腰が据わり、どっしりした感じがする。武芸の修行で鍛えた体であることは、すぐに見てとれた。

「誅殺組か」

唐十郎は言いざま、左手の拇指を鍔に添えて鯉口を切った。

「問答無用」

鉢谷が抜刀した。

「小宮山流居合、狩谷唐十郎」

唐十郎は敵との間を読みながら、右手を祐広の柄に添え居合腰に沈めた。

「馬庭念流《まにわねん》、鉢谷慎兵衛」

鉢谷は下段に構えた。腰が沈み、両足が撞木《しゅもく》になっている。切っ先が地面に付きそうなほど低い。馬庭念流独特の下段の構えである。

馬庭念流は武州でさかんな剣術だった。弐平によると、鉢谷は二年ほど前、江戸に出たようだが、その前は武州にいたらしいと話していた。さらに、剣術道場で指南をしていたとも聞いていた。おそらく、武州の町道場で門弟を集めて馬庭念流を指南していたのであろう。

鉢谷の下段の構えは面が隙だらけだったが、下から突き上げてくるような威圧があった。おそらく、面に斬り込む敵の太刀を下から撥ね上げ、胴を薙ぐ剣であろう、と唐十郎は読んだ。

――鬼哭《きこく》の剣を遣う。

唐十郎は抜刀体勢を取った。

小宮山流居合には、一子相伝の鬼哭の剣と呼ばれる必殺剣があった。

敵の太刀筋を読んで遠間から抜き付け、間一髪の差で敵の首筋を切っ先で撥ねるように斬るのである。そのさい首の血管を斬るため首筋から激しく血が噴出し、鬼哭啾々《しゅうしゅう》たる音がひびく。それで、鬼哭の剣と名付けられたのだ。

唐十郎の白皙が朱を掃いたように染まってきた。全身に剣気が高まってきたのである。

唐十郎は、鬼哭の剣で鉢谷の手首を斬るつもりだった。鉢谷に質《ただ》したいことがあり、致命傷をあたえたくなかったのである。

鉢谷が趾《あしゆび》を這わせるようにして、ジリジリと間合を狭めてきた。切っ先が地面を撫でるようにして迫ってくる。

唐十郎は気を鎮め、鉢谷との間合を読んだ。鬼哭の剣は敵の太刀筋の読みと間積もりが命である。

鉢谷の右足が鬼哭の剣の斬撃の間境に迫った。鉢谷は気付いていない。鬼哭の剣は片手斬りのため、遠間から抜きつけられるのだ。

突如、唐十郎の全身に斬撃の気が疾《はし》った。

間髪をいれず、鉢谷が反応した。唐十郎の剣気を感知したのである。

タアリャッ！

トオッ！

両者の体がほぼ同時に躍動した。

鉢谷の刀身が下段から撥ね上がり、唐十郎の切っ先が鉢谷の鍔元へ伸びた。両者は二の太刀をふるわず、はじかれたように後ろへ飛んだ。

鉢谷はふたたび下段に構えたが、顔が苦痛にゆがみ、切っ先が大きく揺れた。

鉢谷の右手の拇指が地面に落ちていた。柄を握った拳からタラタラと血が滴り落ちている。唐十郎の切っ先が、鉢谷の拇指を斬り落としたのである。

「これまでだ、刀を引け！」

唐十郎が声を上げた。

勝負は決していた。拇指を失った右手で十分に刀をふるうことはできない。

「お、おのれ！」

鉢谷の顔が赭黒く染まり、目がつり上がった。恐怖と憤怒であろう。体が激しく顫えている。

ふいに、鉢谷が刀を振り上げて唐十郎の真っ向へ斬り込んできた。捨て身の斬撃だが、迅さも鋭さもなかった。

唐十郎は右手へ跳びざま胴を払った。皮肉を断つ重い手応えが手に残った。鉢谷は上体を前に折り、腹を押さえてうずくまった。着物の腹部が裂け、ひらいた傷口から臓腑が覗いている。

だが、まだ死なない。しばらくは、生きているはずである。話を聞くことはできるだろう。

そのときだった。鉢谷が獣の咆哮のような唸り声を上げ、左手で刀身をつかむと、切っ先を喉に突き刺した。

とめる間がなかった。鉢谷は喉に切っ先を突き刺したまま横に身を倒した。喉に刺さった刀身の脇から血が迸《ほとばし》り出ている。鉢谷は苦悶に顔をゆがめて、四肢を震わせていたが、やがて動かなくなった。

「お師匠……」

助造が目を剝いて駆け寄ってきた。凄絶な斬り合いを目の当《まあ》たりにして、気が昂《たかぶ》っているらしい。弐平もそばに近付いてきた。こちらも驚いたような顔をしている。

「殺さずに、話を聞くつもりだったのだがな」

そう言って、唐十郎は鉢谷の袖口で祐広の血をぬぐって納刀した。

辺りは淡い暮色に染まっていた。そよという風もなく、澱《よど》んだような大気が唐十郎たちをつつんでいた。その大気のなかに、血の濃臭がまとわりつくようにただよっている。

「引き上げよう」

唐十郎はゆっくりした足取りで歩きだした。

第四章　道場襲撃

1

春本番を思わせる暖かな風が吹いていた。昨夜の雨を吸って黒ずんだ庭の土から、芒《すすき》や蓬《よもぎ》などが生き生きと新芽を伸ばしていた。枯れ草や新芽の間を、数羽の雀がチョンチョンと飛び跳ねながら地面をつついて餌《えさ》をあさっている。

唐十郎は物憂いような顔をして、春の風に吹かれていた。道場から木刀を打ち合う音が聞こえていたが、腰を上げようとはしなかった。助造、弥次郎、ふさ、小四郎の四人が稽古をしているはずである。

そのとき、枝折り戸の方から近付いてくる人影が目に入った。野須である。野須は屈託のある顔で、縁先にいる唐十郎のそばに歩を寄せてきた。

その足音に驚き、庭で餌をついばんでいた雀がいっせいに飛び散った。幾つもの礫《つぶて》のように蒼穹《そうきゆう》を横切り、母屋の庇の上へ消えた。

「狩谷どの、内密に話がござる」

野須が声をひそめて言った。

「なんでござろう」

「屋敷内でひそかに探りましたところ、誅殺組に内通していた男が知れました」

「何者です」

「甚吉という中間です」

野須によると、矢沢が斬殺された夜、甚吉が神田川沿いの道を胡乱《うろん》な牢人と歩いているのを見た者がいるという。それに、甚吉は切腹させられた赤松とも接触していた節があるとのことだ。

「甚吉が、敵側と通じているなら、すべてが腑に落ちます。駒田家のことはむろんのこと、それがしの跡を尾けてこの道場の方たちの動きを探ることもできましょう」

野須が語気を強めて言った。

「うむ……」

唐十郎は何とも言えなかった。甚吉という男を目にしたこともないのだ。

「狩谷どの、どうでござろうか。今夕、それがしとともに甚吉の跡を尾けてはいただけませぬか」

野須が唐十郎に身を寄せて言った。

甚吉は、毎日のように陽が沈むと屋敷を出て、だれかと会っているらしいという。

「そうすれば、甚吉が内通者かどうかはっきりしますし、それに誅殺組の者と会えば、そちらも斬るなり捕らえるなりできると思うのです」

野須は、甚吉を捕らえて口を割らせるより確かで確実ではないかと言い添えた。

「そうだな」

唐十郎も野須の言うとおりだと思った。

「では、七ッ（午後四時）ごろ、和泉橋のたもとでお待ちしております」

そう言い残して、野須はきびすを返した。

その日、唐十郎は七ッすこし前に、ひとり道場を出た。和泉橋のたもとは人影が多かった。春の陽気のせいかもしれない。風呂敷包みを背負った店者、職人ふうの男、町娘、子供連れの母親などが行き交っていた。

野須は川岸の柳の樹陰に立っていたが、唐十郎の姿を目にすると、足早に近寄ってきた。

「待たせたかな」

唐十郎が言った。

「いや、それがしも先ほど来たばかりです」

そう言うと、野須が先にたって和泉橋の方へ歩きだした。

野須が唐十郎を連れていったのは、神田川沿いにあるちいさな稲荷だった。河合がひそんでいた稲荷である。

「暮れ六ッ（午後六時）を過ぎると、甚吉はこの道を通り、昌平橋を渡って湯島や山下あたりの料理屋に出かけることが多いようです」

　野須が小声で言った。

「ここで待つのか」

「いずれ、甚吉が姿を見せるはずです」

「分かった」

　唐十郎は赤い鳥居の脇の樫の樹陰に身を寄せた。

　すでに陽は沈み、樹陰には淡い夕闇が忍び寄っていた。唐十郎は長く待つことはないだろうと思った。そろそろ暮れ六ッである。

　唐十郎と野須がその場に身を隠し、いっときすると、寛永寺の暮れ六ッの鐘が鳴った。その鐘の音がやんで、すぐだった。

「狩谷どの、甚吉です」

　と、野須が声をひそめた。

　見ると、格子縞の着物を尻《しり》っ端折《ぱしょ》りした男が足早にやってくる。歳《とし》は二十代半《なか》ば、目の細いすばしっこそうな男だった。

甚吉は唐十郎と野須のひそんでいる前の道を通り過ぎ、昌平橋の方へむかっていく。

「尾けてみよう」

そう言って、唐十郎が野須に目をやると、野須が無言でうなずいた。

唐十郎たちは、甚吉が半町ほど先に行ってから通りへ出た。

まだ上空は青く、辺りに昼の明るさが残っていた。通りにはちらほら人影もある。唐十郎たちは物陰へ身を隠すようにして甚吉の跡を尾けた。

甚吉は野須の話したとおり、昌平橋を渡って湯島へ出た。そのまま神田川沿いの道を水道橋の方へむかって歩いていく。昌平橋のたもとは人通りが多かったが、しばらく歩くと急に人影がすくなくなった。通り沿いの店も板戸をしめ、夕闇が濃くなったように感じられた。

右手の家並の奥に昌平坂学問所の甍《いらか》が見えていた。辺りはひっそりとして、神田川の岸辺に寄せる水音が、足元で急かせるような律動を刻んでいる。

「狩谷どの、前からだれか来ます」

野須が声を殺して言った。

甚吉の前方に、人影が見えた。遠方ではっきりしないが牢人のようである。納戸色の小袖に袴姿で、太刀を一本だけ差していた。そのとき、甚吉の足が速くなった。前から来る牢人の姿を目にしたためらしい。しだいに、甚吉と牢人との間がつまってきた。

「あの男、誅殺組の者ではないでしょうか」

野須が足を速めながら言った。

「そのようだな」

唐十郎も足を速めた。

甚吉と牢人が道のなかほどで行き合い、足をとめた。ふたりは何か話しているようである。

そのときだった。フッと牢人の腰が沈み、腰元からにぶい銀光が疾った。

甚吉が、何をしやがる！　と叫び、反転しようと体をひねったところへ、牢人の一颯が甚吉の首根に入った。

甚吉の首がかしぎ、噴き上がった血飛沫が、唐十郎の目に黒い火花のように映った。

「斬った！」

野須が驚いたように声を上げた。

甚吉はよろめき、頭からつっ込むように地面に倒れた。牢人は、すぐに反転して駆けだした。

「行くぞ！」

声を上げて、唐十郎が駆けだした。逃げた牢人を斬ろうと思ったのである。すぐに野須も走りだし、唐十郎の後を追った。

牢人の姿が町家のむこうに消えた。路地に駆け込んだらしい。唐十郎は牢人の姿が消えた町家のそばまで走り、路地に目をやったが、牢人の姿はなかった。路地はすこし先で別の通りと交差し、四辻になっていた。どちらかへまがったらしい。路地は濃い夕闇につつまれ、人影もなかった。

——追ってもむだだ。

と、唐十郎は思った。

「逃げられたようです」

野須が無念そうに言った。野須も、牢人を追うのは無理だと思ったようだ。

唐十郎と野須は、倒れている甚吉のそばにもどった。甚吉は路傍の叢につっ伏していた。首が折れたようにまがり、ひらいた傷口からまだ血が流れ落ちていた。辺りはどす黒い血の海である。甚吉は即死だったようだ。

「な、なぜ、甚吉を……」

野須が怪訝そうな声で言った。

「口封じかもしれぬ」

唐十郎はつぶやくような声で言った。口封じなら、敵は唐十郎たちが甚吉を内通者と気付いたことを察知したことになる。

2

燭台の炎が揺れていた。障子の隙間から潮風が流れ込んでくる。炎が揺れるたびに集まった男たちの顔の陰影を刻みなおし、背後に曳いた影を乱していた。

相模屋の寮である。座敷に、七人の男が集まっていた。千草、梶山、峰岸、猿島、鷲津、河合、それに相模屋の番頭の盛造である。河合だけは、いつものように男たちから離れ、座敷の隅の柱に背をもたれかけている。

「一気に攻めるべきだ」

梶山が一同を見すえながら言った。

「おれも、同じ考えだ」

鷲津が胴間声でつづいた。

集まった男たちは狩谷道場に踏み込み、唐十郎たちを始末しようと相談していたのである。

「それで、狩谷道場の者だけを始末するつもりなのか」

千草が梶山に顔をむけて訊いた。

「いや、横尾もいっしょに斬るつもりでいる」

「それはいい。狩谷たちだけ斬っても、岸山さまの探索の手はゆるまぬからな。それに、横尾を早く始末してもらいたいのだ。それが、岸山さまのご意向でもある」

千草が、いまも、横尾の配下の御小人目付が、岸山さまと相模屋のかかわりを探っているらしいと言い添えた。

「ですが、師匠、すこし手が足りないような気がしますが」

峰岸が言った。いまだに、梶山のことを師匠と呼んでいるようだ。

「狩谷と本間は遣い手だ。それに、横尾もそこそこ遣う。まともにやりあったら、こちらも半滅するな」

猿島がもっともらしい顔で言った。

「半滅ならばよい。下手をすると、全滅かもしれん」

梶山が低い声で言った。顔はおだやかだったが、一同を見まわした目が燭台の火を映して熾火のようにひかっていた。猛将のような凄味《すごみ》のある顔である。これが、梶山の本来の顔かもしれない。

「それに、いずれ杉浦と世良も斬らねばならぬ。できれば、ひとりの同志も失いたくないのだ」

「同感だ」

鷲津が声を大きくして言った。

「まず、狩谷を道場から引き離し、本間と門弟、それに武川の子供ふたりと横尾を斬ろう。狩谷は、その後で始末すればいい。……それに、戦力を増すために、おれの門弟だった男に声をかけてみるつもりだ」

梶山が言いつのった。

「それはいい。万全だ」

千草が満足そうに言った。

そうしたやりとりを聞いていた河合が、

「本間は、おれが斬ろう」

と、くぐもった声で言った。

すると、梶山が河合に顔をむけ、

「頼むぞ」

と言って、大きくうなずいた。口をはさむ者はいなかった。誅殺組のなかでも、河合は異質な剣鬼と見られ、厄介《やっかい》な相手は河合にまかせようという雰囲気があったのだ。

その夜、相模屋の寮に集まった男たちは、すこしずつ間を置いて戸口から出た。大勢で連れ立って歩き、目を引くのを避けたのである。

梶山が峰岸と連れ立って寮を出たのは、町木戸のしまる四ッ（午後十時）ちかくになってからだった。外は漆黒の闇である。曇天で、厚い雲が空をおおっていた。

峰岸が提灯を手にし、先に立って梶山の足元を照らしながら歩いた。ふたりは寮から海岸際の通りへ出た。江戸湊は深い闇につつまれ、砂浜に打ち寄せる波音だけが、聞こえていた。

梶山と峰岸の二十間ほど後ろの闇のなかに人影があった。咲である。

咲の鼠染めの忍び装束は闇に溶け、常人の目では振り返っても見ることはできなかった。咲は前を行く提灯を見ながら道のなかほどを歩いていた。足音は波音が消してくれる。

猿島たちが柳原通りで助造たちを襲ったとき、咲は手裏剣を投げて助造たちの危機を救い、その後、ひそかに猿島の跡を尾けた。そして、猿島が日本橋高砂《たかさご》町の裏長屋を隠れ家にしていることをつかんだ。

さらに、咲は猿島を執拗に尾けまわし、今夜、相模屋の寮に誅殺組らしい男たちが集まっているのを目にしたのである。

咲は一味の頭目格らしい梶山に狙いをしぼって、その住処をつきとめようと思い、ふたりの跡を尾けてきたのだ。

提灯の灯は揺れながら、八丁堀の方へむかっていく。梶山と峰岸は八丁堀川にかかる稲荷橋を渡って八丁堀へ出た。ふたりは亀島川沿いの道を日本橋へむかって歩いていく。

ふたりが入ったのは日本橋亀井《かめい》町にある板塀をまわした古い家だった。道場かもしれない。家の周囲が高い板壁でおおわれ、武者窓があった。ただ、道場にしては狭いし、ひどく老朽化して庇が落ちかかっていた。それに道場の看板も出ていない。

咲は家の板壁に耳を寄せてみた。なかで話し声が聞こえた。ぼそぼそとくぐもったような男の声がする。尾けてきたふたりの男が話しているらしい。話の内容は聞き取れなかったが、幕府の後ろ盾、狩谷、三日以内、皆殺し、などという言葉が断片的に聞こえた。

——唐十郎さまたちを襲うつもりではないか。

はっきりしなかったが、咲はそう感じた。

いっときすると、話し声がとぎれ、夜具でも延べるような物音がした。寝る支度を始めたようである。

咲は、足音を忍ばせてその場から離れた。

翌日、咲は武家の娘に身を変えて、亀井町にあらわれた。そして、昨夜ふたりの男が入った家のちかくを歩き、小間物屋を見つけると、なかに入った。

「つかぬことを、うかがいますが」

咲は応対に出てきた奉公人らしい若い男に声をかけた。

「お嬢さま、何でございましょうか」

男は満面に愛想笑いを浮かべながら言った。武家の娘はめずらしいし、しかも咲は美人だった。

「この先に、剣術の道場があるようですが、ご師範のお名前を教えていただけませぬか。実は、兄がこの近くの道場に来たまま行方が分からなくなったもので……」

咲は悲痛な顔をし、哀れっぽい声を出して訊いた。

「それは、それは、さぞご心配なことでございましょう。道場をひらいておられたのは、梶山宗五郎さまですが、ここ三年ほどしめたままですよ。ご門弟もいないようですし」

男は首をひねりながら言った。咲の話が、突拍子もないことに感じられたのかもしれない。

「ご門弟は、ひとりもいないのですか」

かまわず、咲が訊いた。

「はい、ときおり、師範代だった峰岸さまだけは姿を見せるようですが」

「その方、三十代半ばで、ほっそりとしていませんか」

咲は、昨夜目にした提灯を手にしていた男の体軀を言った。

「その方です」

「もしかしたら、兄かも……。峰岸さまとおっしゃられているのですか」

「はい、峰岸恭助さまです」

「あのォ、道場に商家の方が来ることはありませんか」

咲が小声で訊いた。

「そう言えば、相模屋さんの番頭さんが道場に入るのを何度か見たことがありますが、それにしても、お嬢さまが、なぜそのようなことを」

男が不審そうな顔をした。

「はい、兄が相模屋さんの奉公人と歩いているのを見た者がいましたので……」

苦しい嘘だった。だが、これでふたりが相模屋とつながりがあることがはっきりした。それに、唐十郎に訊けば、道場主である梶山の素性も知れるはずである。

咲は不審そうな顔をしている男に礼を言って店から出た。

3

——唐十郎さま、唐十郎さま。

障子の向こうで女の声がした。

咲の声である。唐十郎は、すぐに身を起こした。部屋のなかは濃い暮色につつまれている。酒を飲んで、横になっているうちに眠ってしまったらしい。

障子をあけると、咲が立っていた。淡い藍地に萩《はぎ》を染めた小袖に、亀甲《きっこう》模様の帯をしめていた。武家娘の格好である。夕闇のなかに色白の顔が浮かび上がったように見えた。

「お知らせしたいことがございます」

咲は小声で言った。女らしい柔らかな物言いである。衣装を変えると、言葉遣いや雰囲気まで変わるようだ。これも伊賀者の変化《へんげ》の術なのかもしれない。

「何かな」

唐十郎は縁先に腰を下ろした。咲も唐十郎のそばに来て、そっと膝を折った。

六ツ半（午後七時）ごろであろうか。西の空に血を流したような残照があった。その残照が映じたのか、咲の白い頬がほんのりと朱に染まっている。

唐十郎は咲が伊賀者の組頭としてではなく、ひとりの女として脇に腰を下ろしていることを感じ取った。

咲は唐十郎の心の内など知らぬげに、

「誅殺組らしい者の名と所在が知れました」

と、静かな声音で言って、柳原通りから助造たちを襲ったひとりを尾けたことから、相模屋の寮に集まっているのを目撃したことまでをかいつまんで話し、

「梶山宗五郎なる者をご存じでしょうか。日本橋亀井町で道場をひらいていた男です」

と、唐十郎に目をむけながら訊いた。

「梶山は直心影流の遣い手だ。ただ、ここ三年ほど、噂も聞かぬが」

唐十郎は梶山のことを知っていた。ただ、会ったことはなく、人伝《ひとづて》に噂を耳にしていただけである。

梶山は若いころ本所亀沢町にある直心影流の男谷道場に学び、遣い手として知られていた。その後独立し、亀井町に直心影流の道場をひらいたようである。当初は盛ったようだが、千葉周作の北辰一刀流や斎藤弥九郎の神道無念流などが名声を得るにしたがい、門弟が激減し、三年ほど前に門をしめたと聞いていた。

「梶山が誅殺組の頭目のようでございます」

咲は、梶山の仲間に牢人、御家人、脱藩者と思われる武士などが数人いることを言い添えた。

「うむ……」

梶山なら腕利きの牢人や脱藩者などを束《たば》ねられるかもしれない、と唐十郎は思った。

「それに気になることを耳にしました」

「気になるとは」

「梶山たちは、唐十郎さまたちを襲うつもりのようです」

咲の声がちいさくなった。確証はなかったのである。

「覚悟している」

唐十郎は、誅殺組の者がいつ襲ってきても不思議はないと思っていた。

「ご油断なきよう」

「咲もな、誅殺組の者はいずれも手練だ」

「はい……。これからも、梶山たちの様子を探り、何かあれば唐十郎さまにお知らせいたします」

「そうしてくれ」

ふたりの会話は、そこでとぎれた。咲は黙って、深まってきた夕闇に目をむけている。

「ところで、咲、一味のなかに虎と呼ばれている男はいなかったか。その男、虎伏と呼ばれる剣を遣うようだ」

唐十郎は、虎伏の剣を遣う男のことが気になっていたのである。剣客としての本能といっていいのかもしれない。唐十郎は、いずれその男が虎伏と呼ばれる必殺剣をもって、挑んでくると思っていたのだ。

「いえ、気付きませんでしたが。他に名を耳にしたのは、梶山道場の師範代だったという峰岸恭助だけです」

咲が言い添えた。

「その男ではないな。直心影流ではあるまい」

唐十郎には、脛を斬るという特異な剣が直心影流から出たとは思えなかったのだ。

ふたりの会話が、またとぎれた。さらに闇が深くなり、咲の吐息だけが弾むように聞こえていた。見ると、咲の耳朶や頬が上気したようにかすかに朱を掃いている。

「咲、くるか」

唐十郎は咲に身を寄せて腕をひらいた。

「嬉しゅうございます」

咲はくずれるように唐十郎の胸に身をあずけてきた。

ふたりを淡い夜陰がつつみ、夜空に浮いている皓《しろ》い弦月が、ふたりの情事を覗き込むようにひかっていた。

翌日、唐十郎は小伝馬《こでんま》町に住む石垣藤左衛門《いしがきとうざえもん》という男を訪ねた。石垣は御家人だが家督を倅《せがれ》にゆずり、いまは屋敷で隠居暮らしをしていた。

石垣は唐十郎の父、重右衛門の古い知己で、直心影流の男谷道場に通っていたことがある。狩谷道場にも何度か顔を見せたことがあり、唐十郎のことも知っているはずだった。

唐十郎は、石垣から梶山のことを訊いてみようと思ったのだ。

石垣は在宅していた。唐十郎の顔を見るなり、

「重右衛門どのの倅だったな」

と言って、家に招じ入れようとした。

唐十郎は、陽気もいいので、縁先をお借りしたい、と言って、家には入らなかった。妻女の手をわずらわせたくなかったのである。

石垣はまだ五十を過ぎたばかりのはずだが、鬢《びん》には白髪がまじり、肌の皺《しわ》も目立った。若くして隠居したので、老け込むのが早いのかもしれない。

「して、年寄りのところへ、何用かな」

石垣は縁先に腰を下ろすと、さっそく訊いてきた。

「男谷道場に通っていた梶山宗五郎という男をご存じでしょうか」

唐十郎は、すぐに梶山の名を出した。

「知っておるが、なにゆえ、梶山のことを訊くな」

石垣の好々爺《こうこうや》のような顔が、急にけわしくなった。梶山に対して好感をもっていないようである。

「はい、子細は話せませんが、立ち合うこととなるかも知れないのです」

唐十郎は曖昧《あいまい》な言い方をした。金ずくで誅殺組の斬殺を請け負ったとは言いづらかったのである。

「うむむ」

石垣は渋面をし、唸り声を洩らした。

「直心影流の遣い手と聞きましたが」

唐十郎が水をむけた。

「そのとおりだ。やつは強い。……立ち合いは避けられぬのか」

石垣が唐十郎の顔を見つめて訊いた。

「まだ、立ち合うかどうか決まったわけではありません。……それで、梶山はどんな男なのでしょうか」

「分をわきまえぬ男でな。いずれ、玄武館や練兵館にも負けぬ道場にすると豪語していたが、いまは空家同然だ」

石垣の口元に揶揄《やゆ》するような笑いが浮いた。

玄武館は千葉周作の道場で、練兵館は斎藤弥九郎の道場だった。いずれも、江戸の三大道場と謳われている大道場である。

「梶山は、何をして暮らしているのです」

主持ちでない以上、何かして生きていく糧《かて》を手に入れねばならないはずだ。

「さァ……。ただ、暮らし向きはいいようだぞ。何度か、亀井町近くで見かけたが、身拵えは悪くなかったからな」

「辻斬りをしているとの噂を耳にしたのですが」

唐十郎は、あえて辻斬りのことを口にしてみた。

「わしも、その噂は聞いておる。胡乱《うろん》な牢人と歩いているのを見たこともあるしな。噂どおりかもしれんて……」

そう言って、石垣は眉をひそめた。

それから、唐十郎は、梶山と御作事奉行の岸山や相模屋とのかかわりなどを訊いてみたが、石垣は首を横に振っただけだった。石垣も近所で噂されている以上のことは知らないらしい。

――だが、梶山は誅殺組にまちがいない。

と、唐十郎は確信した。

唐十郎は、石垣に無沙汰を詫びてから腰を上げた。

4

五、六歳であろう。庭先に芥子《けし》坊頭の男児《おとこのこ》が顔を出した。近所の長屋の子であろうか、粗末な身装《みなり》である。男児は何かを握りしめ、雑草におおわれた庭を怖々見ていたが、無数に立っている石仏に気付いたらしく、驚いたように目を剝いた。

いっとき、男児は庭の隅につっ立ったまま石仏を指で数えていたが、急に何か思い出したらしく、叢を分けて縁先の方へ近付いてきた。

唐十郎は、腰を上げた。障子の間から男児を見ていたのだが、何か用があって来たらしいことを察したからである。

「坊、何か用かな」

唐十郎は縁先に出て訊《き》いた。

「おじちゃん、道場のお師匠か」

男児は唐十郎の顔を見上げて訊いた。物怖じしない子らしく、唐十郎の前に立って胸を張っている。

「そうだが」

唐十郎が答えると、男児は握りしめた右手を突き出し、

「これ」

と言って、手をひらいた。ちいさな結び文を握っている。

「だれに頼まれたのだ」

「お侍さまに、これもらった」

男児は左手をひらいて見せた。鐚銭《びた》を五、六枚握りしめている。どうやら、武士に駄賃を貰って手紙をとどけに来たらしい。

「どれ、見せてみろ」

そう言って、唐十郎は男児から手紙を受け取り、その場でひらいてみた。

男の筆跡らしい文字で、

——今夕、神田明神社に来られたし、誅殺組のことで火急にお伝えしたいことあり

二月十日　　横尾直次郎

狩谷唐十郎　殿

と、だけ記してあった。二月十日は今日である。

「この文を、坊に渡した侍は、名乗らなかったのか」

唐十郎は手紙を折り畳みながら訊いた。

男児は返事の代わりに、コクリとうなずくと、きびすを返して駆け出した。それで、自分の用は済んだと思ったらしい。

唐十郎は苦笑いを浮かべながら、去っていく男児の背を見つめていたが、庭先で小石をひとつ拾うと、畳んだ文の上に載せて縁先に置いた。

唐十郎は、これから神田まで行くつもりだった。だれか、唐十郎を訪ねてきたとき、手紙を見れば行き先が分かると思ったのである。ふだんなら、こんなことはしなかったが、唐十郎の胸には一抹の疑念があった。

横尾なら近所まで来て子供に手紙を託すより、直接道場に来て唐十郎に会おうとするのではないかと思ったのである。

唐十郎は祐広を腰に差すと、枝折り戸を押して通りへ出た。すでに、陽は西にまわっていた。神田明神社に着くころは、陽は沈んでいるだろう。

その日の八ツ半（午後三時）頃だった。咲は相模屋の寮の戸口の見える藪の陰にいた。

そこは、海岸に近い空地で、笹や雑木が繁茂していた。

咲は粗末な着物に身をつつんでいた。百姓か漁師の娘に見える。抱えた風呂敷づつみのなかには、忍び装束や忍具が入れてあった。

寮の戸口を見張っていた咲は、

――何かある。

と、思った。

見ている間に御家人ふうの武士や牢人が数人、寮へ入っていったのだ。男たちのなかには、猿島、鷲津、峰岸の姿もあった。いずれの顔にも昂った表情があった。

咲は、藪の陰から離れ、足音を忍ばせて寮に近付いた。男たちが何のために集まったのか、盗聴しようと思ったのである。

咲は身を隠しながら生け垣沿いに海岸の方へまわった。海岸に面して、松や紅葉などを配した庭があった。庭の先は雑草の繁茂した狭い荒れ地で、その先が砂浜になっていた。

砂浜に人影はなかった。打ち寄せる波の音が絶え間なく聞こえてくる。

咲は生け垣の隙間から身をすべり込ませた。巧みに庭の植え込みや樹陰をつたい、母屋の方に近付いた。

庭に面した縁側の奥の座敷から、男たちの話し声が洩れてきた。数人いるようである。ただ、くぐもった声が聞こえるだけで、話の内容までは聞きとれない。

咲は話の洩れて来る座敷近くの戸袋のそばに身を寄せて、聞き耳をたてた。

「それで、狩谷は道場から引き出せるのだな」

重いひびきのある声が聞こえてきた。

「陽がかたむくころには、道場を出るはずだ」

別の男の声がつづいた。

「徒目付の横尾は？」

「横尾は暮れ六ツ（午後六時）までに、狩谷道場に呼び出す」

「それはいい」

胴間《どうま》声が聞こえた。三人目の声である。

「すると、狩谷道場にいるのは、本間、助造という門弟、ふさと小四郎、それに横尾か」

重いひびきのある声が言った。

「そういうことになるな」

「味方は七人。相手は五人で、女子供もいる。まず、遅れをとることはない。皆殺しにして、われらの力を見せてやるのだ」

胴間声が吼《ほ》えるような口調で言うと、他の男たちがいっせいにしゃべりだした。「横尾はおれが斬る、女だとて容赦せんぞ、本間の居合を試してみたい」などという声が話のなかで聞きとれた。

咲はその場から離れた。集まった男たちが狩谷道場を襲い、弥次郎と助造だけでなく横尾や武川姉弟も殺そうとしているのだ。しかも誅殺組の策略で、唐十郎は別の場所に呼び出され、道場を留守にするらしい。

――このことを、唐十郎さまに知らせなければ。

と、咲は思った。男たちは、陽がかたむくころに唐十郎が道場を出るはずだと口にしていた。まだ、間に合うかもしれない。

咲は庭を横切り、生け垣をくぐって通りへ出ると、すぐに走りだした。通常、咲は人目のある通りで走ったりしなかった。娘の身で男に負けぬ走りをすれば、忍者だと気付かれるからである。だが、咲は人通りのある通りも小走りになった。一刻を争う事態だった。他人の目を気にしている余裕がなかったのである。

咲は唐十郎の家の母屋につづく枝折り戸を押して庭へ入った。縁先に唐十郎の姿はなかった。

急いで縁先に走り寄り、唐十郎の名を呼んだ。だが、返事がなく、家のなかに人のいる気配もなかった。

——遅かったか。

と思い、咲が反転しようとしたとき、縁先に置かれているちいさな白い物が目にとまった。紙片が、小石を重しにして置いてある。咲はすぐに手に取った。唐十郎を呼び出す手紙だった。行き先は神田明神社である。

——これで、唐十郎さまは呼び出されたのだ！

咲は手紙を縁先に置くと、きびすを返して走りだした。

5

そろそろ暮れ六ツ（午後六時）であろうか。さっきまで格子窓から射し込んでいた陽が消え、道場の隅に夕闇が忍び込んでいた。

道場内には弥次郎、助造、ふさ、小四郎の四人がいた。助造は弥次郎相手に居合の型稽古をし、ふさと小四郎は木刀で打ち込みの稽古をしていた。四人が稽古を始めて一刻（二時間）ほどになる。

「だれか、来たようだぞ」

そう言って、弥次郎が構えていた木刀を下ろした。戸口で足音がしたのである。

見ると、横尾が立っていた。急いで来たらしく、顔が紅潮し息がはずんでいる。何か用があるらしい。

弥次郎と助造が、戸口へ歩み寄った。

「狩谷どのは、おられようか」

横尾が道場のなかを覗くように見ながら訊いた。

「母屋におられるはずです。呼んできますよ」

そう言い残して、助造がその場を離れた。

いっときすると、助造が紙片を手にしてもどってきた。顔に不審そうな表情があった。何か異変があったことを感じ取ったのか、ふさと小四郎もそばに近寄ってきた。

「妙なのです、これを見てください」

そう言って、助造は手にした紙片を横尾に渡した。それは、唐十郎にとどけられた結び文だった。

横尾の顔色が変わった。

「どういうことだ」

横尾は慌てて袂から折り畳んだ紙片を取り出し、おれにはこれが届いたのだ、と言って、助造と弥次郎に紙片をひらいて見せた。

それには、唐十郎にとどけられたものと同じ筆跡で、

——暮れ六ツ、狩谷道場に来られたし、誅殺組のことで火急にお伝えしたいことあり
　二月十日
　　横尾直次郎　殿　　　　　　　　狩谷唐十郎

そう認めてあった。同一人が書いたことは筆跡だけでなく、文面からも分かる。

「罠だ！」

横尾が声を上げた。

「だれが、このようなことを」

弥次郎が顔をこわばらせて言った。

「誅殺組だろう。……そういえば、道場近くで深編み笠の武士を見かけたぞ」

そう言って、横尾は道場の戸口から首を出して外を覗いた。すこし離れた路傍に深編み笠の武士が立っていた。その背後に、牢人体の男がふたりいた。いずれも、道場の方へ目をむけている。

「やつら、誅殺組ではあるまいか」

「何をする気だ」

そばへ来た助造が、遠方の武士に目をやりながら言った。

「襲うつもりだ、ここを！」

横尾が叫んだ。

一瞬、助造が驚愕に目を剝き、身を硬くした。

「敵は何人です？」

弥次郎が訊いた。ふたりの話から事情を察知したらしい。

「分からぬ。だが、ここにいる人数を知っての上で、押し入るはずだ。腕のたつ者が七、八人はいるとみねばなるまい」

横尾がそばに来て言った。

「戸をしめれば、簡単には入れぬ」

言いざま、弥次郎が土間へ飛び下り、引き戸をしめて心張り棒をかった。そして、戦いの支度を、と言い残して道場の着替えの間へ入り、刀を腰に帯びてきた。助造も刀を帯び、ふさは懐剣を、小四郎は刀を手にした。

横尾は道場へ上がると羽織を脱ぎ、すばやく刀の下げ緒で両袖を絞り、袴の股立を取った。

そのとき、戸口の外で足音がした。数人いる。道場へむかってくるようだ。

「来るぞ！」

弥次郎が言った。双眸が剣客らしい鋭いひかりを帯びていた。助造たちも殺気だった目をして、戸口の引き戸に目をむけている。

そのころ、咲は明神下を走っていた。神田明神社の社殿が右手奥に見えている。唐十郎の姿はない。咲は走った。角をまがったとき、通りの先に人影が見えた。

——唐十郎さまだ！

一町ほど先を、唐十郎らしき男が歩いている。神田明神にむかっているようだ。咲はさらに足を速めた。

そのとき、唐十郎が足をとめて振り返った、背後から迫る咲の足音に気付いたようだ。

唐十郎は咲の姿を見ると、自分から引き返してきた。

「どうした、咲」

すぐに、唐十郎が訊いた。

「道場が誅殺組に襲われます」

「なに、道場が」

「唐十郎さま、すぐに」

そう言って、咲はきびすを返した。

唐十郎も、すぐに咲の後につづいた。

小走りに神田川沿いの道を道場のある松永町にもどりながら、咲がかいつまんで相模屋の寮で盗聴したことを話した。

「謀《はか》ったな」

めずらしく、唐十郎の顔に怒りの色があった。子供からの手紙を見たとき、一抹《いちまつ》の疑念をいだいたのだが、誅殺組が道場を襲うとまでは思わなかったのだ。

6

「破られます！」

ふさが、ひき攣《つ》ったような声を上げた。

板戸に体当たりでもくれているらしく、激しい音とともに戸が揺れて軋み、いまにも心張り棒がはずれそうだった。

それを見て、助造が土間に飛び下り、心張り棒を手で押さえた。

と、外から戸を突き破って二本の刀身が差し込まれた。一本の切っ先が、助造の肩口をかすめた。ワッ、と声を上げて、助造が後ろへ跳び下がった。そのとき、また激しい音とともに戸が大きく揺れて、心張り棒がはずれた。

すぐに引き戸があき、戸口に大柄な男が姿を見せた。猿島である。

「どけ、助造！」

叫びざま、弥次郎が素早く戸口の前に踏み込んだ。

腰が沈み、シャッ、という鞘走る音とともに弥次郎の腰から閃光が疾った。

小宮山流居合、入身迅雷《いりみじんらい》――。

正面の敵に対し、迅雷のごとく迅《はや》くするどく身を寄せ、抜きつけの一刀を浴びせる技である。

猿島が絶叫を上げて、跳びすさった。肩口から胸にかけて袈裟に着物が裂け、血の線がはしった。だが、深い傷ではなかった。板戸が邪魔をし、弥次郎はぞんぶんに刀がふるえなかったのだ。

「戸をはずして、一気に踏み込め！」

引き戸のそばにいた誅殺組のひとりが怒鳴った。夕闇のなかで黒い人影が動き、何人かが戸口に迫った。一気に踏み込んでくるらしい。

「引け！　道場の隅へ」

弥次郎が叫び、ふさと小四郎を道場の隅に連れていった。そして、ふたりの周囲に弥次郎、助造、横尾が、それぞれ刀をふるえるだけの間を取って身構えた。ふさと小四郎を守りながら、誅殺組をその場で迎え撃とうというのである。

ドカドカと男たちが踏み込んできた。総勢七人。いずれも遣い手らしい武士である。ただ、猿島だけは胸を押さえて六人の後ろに身を引いていた。胸部が血まみれである。

七人の男たちは襷で両袖を絞り、袴の股立を取っていた。押し入る前に闘いの支度をととのえたのであろう。猿島と総髪の牢人ふうの男を除き、他の五人は黒覆面で顔を隠していた。顔を見られたくないようだ。

弥次郎たちは名を知らなかったが、押し入った七人は、梶山、峰岸、鷲津、猿島、河合、それに新しく仲間にくわわった船岡粂八郎《ふなおかくめはちろう》と佐久間伊造《さくまいぞう》だった。船岡と佐久間は梶山の古い門人である。

猿島を除いた六人はいっせいに抜刀し、弥次郎たちを取りかこんで切っ先をむけた。それぞれが刀をふるえるだけの間を取っている。道場内は殺気につつまれ、夕闇のなかで白刃がにぶくひかっていた。

「うぬら、誅殺組だな」

横尾が血走った目で男たちを睨みながら誰何した。

「問答無用、やれ！」

声を上げたのは、梶山である。

梶山と河合だけは、すこし後ろに身を引いていた。河合は覆面をしていなかった。物憂いような表情で弥次郎たちを見ている。ただ、双眸には燃えるような異様なひかりが宿っていた。

だが、誅殺組の者たちも簡単には踏み込めなかった。弥次郎と助造が抜刀体勢を取り、横尾が八相に構えていたからである。誅殺組の者たちも遣い手であるだけに、弥次郎たち三人の腕も分かるのだ。

道場内は痺れるような殺気につつまれ、対峙した男たちの吐く息がはずむように聞こえていた。

イヤアッ！

突如、裂帛《れっぱく》の気合が剣の磁場を劈《つんざ》いた。助造の正面にいた峰岸が仕掛けたのである。青眼から真っ向へ。迅速の斬撃だった。

間髪を入れず、助造が抜きつけた。助造の抜刀も迅い。

キーン、という甲高い金属音がひびき、ふたりの刀身がはじき合った。瞬間、ふたりは背後に跳んで青眼に構えあった。

この峰岸の攻撃に誘発されたように、横尾と対峙していた鷲津が動いた。八相から袈裟へ。剛剣である。

「おおッ!」

と声を上げ、横尾がこの斬撃を受けた。

ふたりは鍔迫り合いになったが、鷲津の膂力《りょりょく》に押され、横尾が道場の板壁の近くに後じさった。

鷲津の仕掛けに一瞬遅れ、船岡が甲声を発して弥次郎に斬り込んだ。

青眼から袈裟へ。鋭い斬撃だったが、弥次郎はこの太刀筋を読んでいた。短い気合とともに抜きつけの一刀で船岡の斬撃を払い上げ、船岡の体が泳ぐところを、刀身を返して横に払った。

弥次郎の切っ先が、船岡の脇腹に入った。船岡が悲鳴を上げてのけ反る。が、傷は浅い。切っ先が皮肉をうすく削いだだけである。

この動きを見た佐久間が、すかさず弥次郎の肩口へ斬り込んだ。隙をついた一瞬の攻撃である。佐久間の切っ先が、弥次郎の肩口から背にかけて袈裟に裂いた。血が噴き、見る間に弥次郎の背が朱に染まる。

弥次郎は苦痛に顔をしかめたが、二、三歩身を引き、切っ先を佐久間にむけて青眼に構えた。

そのとき、板壁のそばに張り付いていた小四郎が目をつり上げ、

「父上の敵！」

と叫びざま走り寄り、佐久間に斬りつけた。

たたきつけるような捨て身の斬撃が佐久間の腰を打った。

太刀筋がまがっていたため、斬るというよりたたいたような一撃だったが、佐久間は悲鳴を上げて後じさった。

弥次郎たちは道場の角にかたまり、ふたたびふさと小四郎を後ろにして弥次郎、助造、横尾の三人が立ちふさがった。ただ、さきほどと様相は一変していた。弥次郎は背中に一太刀受けて血まみれだった。横尾も鷺津の斬撃を受けたらしく、右の肩口が血に染まっている。

一方、誅殺組は船岡が脇腹を斬られ、佐久間の腰に血の色があった。だが、ふたりとも深手ではなく、切っ先を弥次郎たちにむけている。

ふたたび、誅殺組と弥次郎たちが対峙した。いずれも顔がこわばり目が血走っている。構えた切っ先が、異常な興奮で震えている者もいた。

道場の闇は深くなり、男たちの目が白く底びかりしていた。誅殺組の者は、趾《あしゆび》を這わせるようにしてジリジリと間合をつめていくが、なかなか踏み込めない。

そのとき、河合がゆっくりと弥次郎の前に歩を運びながら、

「前をあけろ」

と、くぐもった声で言った。船岡と佐久間が慌てて左右に跳んで、間を取った。

河合は足をとめて、上目遣いに弥次郎を見た。垂れた前髪の間から、異様なひかりを宿した目が弥次郎にむけられている。

「きさま、何者だ」

弥次郎は背筋を冷たい物で撫でられたような気がして身震いした。双眸を炯々とひからせ、ぬらりと立っている河合の姿には、幽鬼を思わせるような不気味さと猛虎のような猛々しさが同居していた。

河合は無言だった。ゆっくりと抜刀すると、刀身を後ろに引いて腰を深く沈めた。脇構

えだが、顔が弥次郎の腹の高さほどにくる低い姿勢だった。しかも、刀身がまったく見えない。刀身を背中へ引いているのだ。

——この構えから、くるのか！

異様な構えだった。面ががら空きである。そのくせ、下から突き上げてくるような威圧がある。

弥次郎はすでに抜刀していたので、青眼に構えた。そして、刀身を引き、脇構えにとった。まず、山彦で敵の仕掛けを読もうとしたのである。

河合の身構えに気勢がこもった。そのときだった。道場の戸口に走り寄る足音が聞こえた。唐十郎である。

唐十郎は無言のまま道場内に踏み込むと、弥次郎たちの方に駆け寄った。夕闇のなかに唐十郎の白皙が浮かび上がった。無表情だったが、気魄のこもった顔には凄愴さがあった。

7

「狩谷だ！」

叫びざま、梶山がきびすを返して対峙した。

梶山は鋭い双眸を唐十郎にむけ、青眼に構えた。切っ先がピタリと唐十郎の目線につけられている。隙がなく、剣尖《けんせん》に刺すような威圧があった。

すかさず、唐十郎は祐広の鯉口を切り、柄に右手を添えて居合腰に取った。

ふたりの間合はおよそ三間。抜きつけの間からは、まだ遠い。

そのとき、河合が後ずさりし、弥次郎との間を取ると、

「待て」

と声をかけて、唐十郎に体をむけた。

「うぬの相手はおれだ」

河合はつかつかと歩み寄り、唐十郎の前に立った。すると、梶山が、

「狩谷は、お前にまかせた」

と言って、弥次郎に歩を寄せた。相手を替えたのである。

「うぬは、何者だ」

唐十郎は河合の立ち姿にただならぬものを感じた。

河合は両肩をすこし下げ、両腕をだらりと垂らしていた。腰が低く、妙に両腕が長い。特異な剣技を秘めた体のようだ。垂れた前髪の間から炯々とひかる両眼で唐十郎を見つめ

ていた。猛獣が追いつめた獲物を射竦めるような目である。

「おれは虎……」

河合は低いくぐもったような声で言った。

「おまえが虎か。それで、虎の名は」

虎が本名であるはずがない。おそらく、虎伏からきた異名であろう。

「名などどうでもいい」

「そうか」

唐十郎は、居合腰に沈め抜刀体勢を取ると、河合の手にしていた刀に目をやった。刀身は二尺四、五寸。ほぼ定寸である。

「虎伏の剣、見せてやろう」

言いざま、河合は脇構えに取って腰を深く沈めた。左肩を前に出した半身の体勢で、刀身が見えぬよう、腰の後ろへ引いている。

異様な姿だった。焦茶の小袖と黒袴が夕闇に溶けている。その闇のなかから、射竦めるようなひかりを宿した両眼が、唐十郎を凝《じっ》と見すえているのだ。まさに、闇に伏せて獲物を待つ虎のような身構えである。この姿から、虎伏と呼ばれるようになったのかもしれない。

——この構えから、足を薙ぐのか。

下から突き上げてくるような威圧があるが、腰が沈み過ぎて大きく前に踏み込めないはずである。それに、面が隙だらけだった。体を低くし、刀身を後ろに引いているからである。

だが、唐十郎は面は誘いだろうと思った。虎伏は相手が面に斬り込んでくる瞬間をとらえて、足を薙ぐ後《ご》の先《せん》の剣かもしれない、と察した。

——迂闊《うかつ》に仕かけられぬ。

河合との間合も正確に読めなかった。体が沈み、刀身が見えないためである。

唐十郎は、このまま仕かければ、足を截断される、と感知した。多くの修羅場をくぐってきた唐十郎の勘が訴えているのである。

ふたりの間合は三間の余。河合は腰を低くした体勢のまま足裏をするようにして、ジリジリと間合をせばめてきた。

唐十郎はあらためて居合腰に沈め、抜刀体勢を取った。

——鬼哭の剣を試してみる。

唐十郎には、敵の太刀筋が読めていなかったので、鬼哭の剣が遣えるかどうか分からなかった。ただ、鬼哭の剣は遠間から仕かけられるので、かわされても虎伏の剣で足を払われるようなことはないと踏んだのだ。

唐十郎は気を鎮め、敵との間合を読みながら抜刀の機を待った。河合との間がしだいにせばまってくる。

ピクッ、と前に出ている河合の左肩が動いた。刹那、河合の全身に斬撃の気が疾った。一瞬、唐十郎は頭のどこかで、まさか、と思った。唐十郎が鬼哭の剣を抜きつけるよりさらに遠間なのだ。いかに、踏み込んでも河合の斬撃がとどくはずはないのだ。

そのとき、唐十郎は河合の低く沈んでいる体が左右に揺れたように感じた。次の瞬間、ふいに、河合の体が左右に大きく振れながら眼前に迫ってくるように見えた。

迅い！　暗さもあったが、唐十郎には河合の体捌きも見極められなかった。

——虎が飛びかかってくる！

察知した刹那、唐十郎は鬼哭の剣を抜き付け、咄嗟に後ろへ跳んだ。唐十郎の本能が前に踏み込む危険を感知し、反射的に身を引かせたのだ。

河合の体が右手に飛び、同時に唐十郎の右足の脛にかるい疼痛がはしった。

袴が横に裂け、脛に血の色があった。河合の切っ先が唐十郎の脛を薙いだのである。

だが、浅手だった。咄嗟に唐十郎が後ろに跳んだため、足を截断されずにすんだのだ。

——恐ろしい剣だ！

唐十郎の全身に総毛だつような感覚がはしった。

河合が、ニヤリと笑った。

「虎伏の剣をかわしたか」

河合の顔には、余裕の表情があった。唐十郎が抜刀したのを見て、次は仕留められると踏んだにちがいない。

「いくぞ」

河合がふたたび脇構えに取り、深く腰を沈めた。

唐十郎も、同じように脇構えに取り、腰を沈めた。山彦を遣うつもりだった。抜刀した唐十郎には、山彦しかなかったのだ。

河合が刀身を背後に引いて、身を寄せ始めたときだった。ふいに、河合がビクッとして腰を浮かせた。

手裏剣だった。飛来した棒手裏剣が、河合の肩先をかすめたのだ。河合は素早く後じさり、唐十郎との間を取ると、手裏剣の飛来した方に目をやった。

咲である。道場の隅の闇のなかに、黒い人影の動くのが見えた。

間を置かず、大気を裂く音がしてつづけざまに手裏剣が飛来した。河合だけでなく、弥次郎と対峙している梶山や、横尾に切っ先をむけていた峰岸にも手裏剣が飛んだ。

ギャッ、という絶叫がひびいた。船岡の背に手裏剣が当たったのだ。船岡がよろめき、膝を道場の床についてうずくまった。

「新手だ、引け！」

梶山が叫んで反転した。

猿島と鷲津が後じさり、きびすを返して駆けだした。つづいて、佐久間と峰岸も道場から逃げだした。

「狩谷、勝負はあずけた」

そう言い置くと、河合も足早に道場から出ていった。

唐十郎たちは逃げる梶山たちを追わなかった。そのとき、弥次郎が呻き声を上げて膝をつくのを見たのである。弥次郎だけではなかった、横尾の肩口も血に染まり、苦痛に顔をゆがめていたのだ。

「弥次郎！」

声を上げて、唐十郎は弥次郎のそばに走り寄った。

8

弥次郎は苦痛に顔をしかめながらも、唐十郎を見て苦笑いを浮かべた。

「浅手ですよ」

そう言ったが、弥次郎の着物の背はどっぷりと血を吸ってどす黒く染まっていた。

横尾の右肩口も血に染まっていたが、右腕は動いたし、命にかかわるような傷ではないようだった。

「わたしが、手当てします」

すぐに、咲が弥次郎の脇に膝を折った。

咲は横尾の小刀を借りて、弥次郎の着物を裂いて背中を露出させた。肩口から背にかけて七、八寸の傷があった。その傷口から湧き出るように血が流れ出ている。

咲はふところの忍び袋から取り出した折り畳んだ手ぬぐいに金創膏《きんそうこう》を塗ると、傷口に当てた。そして別の三尺手ぬぐいを出し、袈裟掛けにしてきつくしばった。咲は忍者だけにこうした手当ては慣れている。

「血がとまるまで、しばらく安静にしてください」

咲は、弥次郎に横になるよう勧めた。

唐十郎は、弥次郎を着替えの間に連れていって横にさせた。

道場にもどると、咲が、

「血がとまれば、大事はございません」

と、小声で言ったが、顔には憂慮の翳《かげ》があった。出血がとまらなければ、命にかかわるということであろう。

唐十郎は、ちいさくうなずいただけだった。咲の手当ては医師に劣らぬものだった。後は天に任せるより仕方がないのだ。

道場にはもうひとり重傷者がいた。船岡である。船岡の背もどす黒い血に染まっていた。咲の手裏剣が心ノ臓まで達したのかもしれない。船岡は道場の隅にうずくまり、呻き声を洩らしていた。すでに逃げる余力はないらしく、呻き声も弱々しかった。長くはないだろう。

「うぬの名は」

唐十郎が船岡の脇に覗き込んで訊いた。

船岡はわずかに身を起こしたが、答えようとはしなかった。

「うぬを捨てて逃げた者たちを、かばうことはあるまい。……うぬの名は」

「船岡粂八郎……」

船岡がかすれ声で答えた。隠す気はないようである。あるいは、死を覚悟しているのかもしれない。

「誅殺組の者だな」

「お、おれはちがう。お師匠に助勢を頼まれただけだ」

船岡が絞り出すような声で言った。

「お師匠とは」

「梶山さま……」

「やはり、そうか。おれと最初に立ち合った男だな」

覆面をしていたので顔は分からなかった。

「そ、そうだ」

「虎伏の剣を遣う男の名は？」

「河合沢之助どのだ」

船岡が唐十郎に顔をむけた。土気色をした顔が苦痛にゆがんでいる。唐十郎にも、船岡の命が長くないことが見てとれた。

「河合……」

唐十郎は河合の名を知らなかった。河合の剣術の流派を訊くと、

「噂だが、柳剛流とのこと。……ただ、若いころ、上州で学んだだけで、あとは自己流と聞いている」

「そうか」

やはり、脛を斬る刀法は柳剛流から出たものらしい。おそらく、多くの実戦と工夫をとおして自得した河合だけの必殺剣なのであろう。

そのとき、唐十郎の脇から助造が、

「眉の濃い、頤の張った武士はなんという名だ」

と、声を荒らげて訊いた。

「鷲津伝兵衛……」

「鷲津か」

助造は怒りに顔を紅潮させて言った。自分を足蹴にし、唾を吐きかけた男の名が分かったのである。

「梶山たちと相模屋は、どんなかかわりがあるのだ」

横尾が訊いた。

「し、子細は知らぬが……、金は、相模屋から出ているようだ」

船岡の声が震えた。顔を苦痛にゆがめ、喘ぐような息遣いになっている。

「他の者の名は」

さらに、横尾が訊いた。

「し、師範代の峰岸、猿島、それに、おれといっしょに助勢にくわわった佐久間……」

船岡は喘ぎながらしゃべると、肩を上下させながらハァ、ハァと荒い息を吐いた。そして、苦しげに身を震わせて喉のつまったような呻き声を洩らすと、くずれるように前につっ伏した。船岡は床に額をつき、頭を抱くように両腕をまわしたまま動かなくなった。こと切れたようである。


その夜、弥次郎は四ツ(午後十時)ごろ眠った。フッ、フッとはずむような寝息を洩らしていた。熱が出たらしく頬や首筋が赤みを帯びている。新たに弥次郎の背に巻かれた晒《さらし》が赤く染まっていた。出血はなかなかとまらないようだった。

ふさと小四郎を屋敷まで送った後、唐十郎、助造、咲の三人は、弥次郎のそばに座したまま夜を過ごした。

「今夜が峠です」

枕辺に座した咲が唐十郎の耳元で言った。

唐十郎はちいさくうなずいただけだった。唐十郎にも、弥次郎の命があやういことは分かっていた。助造は拳を膝の上で握りしめ、心配そうに弥次郎の顔を見つめている。

弥次郎は一度薄目をあけて何かうわごとを口にしたが、唐十郎たちには何を言ったか聞きとれなかった。弥次郎はまた眠りに引き込まれたらしく、目をとじて呻き声とも寝息ともつかぬ声を洩らしていた。

時が過ぎた。いつの間にか座敷の闇がうすくなり、障子の外が白んできていた。そろそろ払暁らしい。

「唐十郎さま」

咲が小声で言った。凍りついたようにこわばっていた顔が、かすかになごんだ。

「血がとまったようです」

「うむ」

見ると、弥次郎の背に巻かれた晒に新しい血の色はなかった。それに、こころなしか弥次郎の寝息に力強さがくわわったようである。

「峠を越したかもしれませぬ」

そう言って、咲がほっとしたような顔をすると、

「ご師範、よかった」

と、助造が涙声で言った。

黎明《れいめい》の淡いひかりが障子に映え、唐十郎の白皙を浮かび上がらせていた。滅多に表情を動かさない唐十郎の顔にも安堵の色があった。

第五章　決戦

1

「弐平、どうだ、お上の仕事は」

唐十郎は亀屋に来ていた。弐平にあらためて頼みたいことがあったのである。

「いそがしくて、毎日てんてこ舞いでさァ」

弐平は上目遣いに唐十郎を見ながら言った。店の手伝いをしていたらしく、片襷をかけ、前だれをかけていた。

「それにしては、女房どのの手伝いか」

「今日だけでさァ、女房にせっつかれたもんでね」

弐平は唐十郎の脇の飯台に腰を下ろした。

「いそがしいのでは、駄目か」

唐十郎が残念そうな顔をして立ち上がろうとすると、弐平は飛び付くような勢いで唐十郎の腕を取り、

「旦那ァ、いつも言ってるじゃァないですか。旦那のためだったら、どんな無理をしてもやるって」

と、目を剝いて言った。

「実はな、駒田家のことで頼みがあってきたのだ」

唐十郎はあらためて飯台に腰を下ろした。

「旦那、この前いただいた五両分の仕事はすんでますぜ」

弐平が木で鼻をくくったような物言いをした。

「分かっている。あらためて、頼みたいのだ」

「あらためてね」

弐平が舌を出して、ペロリと分厚い唇を舐めた。目がひかっている。金になると踏んだのである。

「しばらく、駒田邸を見張ってくれぬか」

唐十郎は駒田家の奉公人のなかに誅殺組に内通する者がいると読み、家士の野須に話して探ってもらい、判明した内通者は中間の甚吉だったことを話した。

「ところが、その甚吉は、おれの目の前で誅殺組らしい牢人に斬られてしまったのだ」

「へえ、それでどうしやした」

弐平が身を乗り出すようにして訊いた。

「ところが、どうも腑に落ちぬ。実は、一昨日、道場を誅殺組に襲われたのだ」

唐十郎はそのときの経緯をくわしく話し、

「日暮れ時、おれがどこにいて、道場にはだれがいるか知っている者が、襲撃の策をたてたような気がするのだ」

と、言い添えた。

「するってえと、旦那は甚吉の他に誅殺組と通じているやつが駒田家の奉公人のなかにいるとみてるんで」

「そうだ」

道場に出入りしている者が一番怪しいが、ふさと小四郎であるはずはない。配下の御小人目付が何人も斬殺されていることからみて、横尾でもないだろう。となると、駒田家の家士ぐらいしか思い浮かばないのだ。野須の用件で若党が、何度か道場に顔を出したことがあったのだ。ただ、唐十郎は弥次郎から耳にしただけで会っていなかったので、顔も名も分からない。

そのとき、唐十郎の脳裏に野須のことがよぎったが、慌てて打ち消した。野須は駒田家と唐十郎たちのつなぎ役として、これまで便宜をはかってきた。それに、甚吉をつきとめたのも野須なのである。

「それに、その男は廻船問屋の相模屋ともつながっているかもしれん」

唐十郎は誅殺組が相模屋の寮を密会場所に使っているらしいことも話した。

「相模屋がね」

弐平が目をひからせて虚空を睨むように見すえた。やり手の岡っ引きらしい顔付きになっている。

「やってくれるか」

唐十郎がうながすように言った。

「どうも、厄介な仕事のようで」

弐平がむずかしい顔をした。報酬をすこしでも吊り上げようと、渋って見せているのだ。弐平のいつものやり方である。

「これで、どうだ」

唐十郎は弐平の前に片手をひらいて見せた。

「五両ですかい」

弐平の目がかがやいた。

「五分とは言わぬ」

「承知しやした。……お松、野晒の旦那に、そばと酒とてんぷらだ」

弐平が声を上げた。

唐十郎は亀屋を出た足で、本所の緑町へむかった。そこに咲たち明屋敷番が管理している空屋敷がある。ふたたび、誅殺組に道場を襲撃されることも考え、伊賀者の手も借りて弥次郎を駕籠で空屋敷へ運んだのだ。助造もそこに身を隠している。

唐十郎は敵の目を逃れるために同じ空屋敷に身を隠したことがあり、いまもそこに厄介になっていた。ふさと小四郎は敵討ちの手筈がととのうまで屋敷から出ないように言いふくめてあった。すでに、敵は知れていた。横尾によると、武川も右足を斬られていたということなので、河合沢之助に斬られたとみてまちがいないだろう。

だが、河合は強敵だった。唐十郎にも河合を討ち取る自信はなかった。それに、ふさや小四郎がこのままどんなに稽古をつづけても、河合は討てないだろう。唐十郎や横尾が助勢し、ふたりに一太刀なりともあびせさせてやるより他に方法はなかった。

空屋敷内に咲の姿はなかった。おそらく、御作事奉行の岸山と相模屋のかかわりを探りにいっているのであろう。

唐十郎が空屋敷を出るとき、

「ふたりの伊賀者とともに、相模屋を探ってみます」

咲はそう言って、一足先に空屋敷を出たのである。

ふたりの伊賀者は咲の配下で、江国伸蔵《えくにしんぞう》と草川蓮次郎《くさかわれんじろう》だった。ふたりとも屋敷への潜入や尾行の達者だという。

唐十郎は空屋敷にもどると、弥次郎の寝ている座敷に足を運んだ。弥次郎は庭に面した座敷で寝ていた。枕元に助造が座している。

「どうかな、具合は」

唐十郎は枕辺に座して訊いた。

「だいぶ、痛みは引きました」

そう言って、弥次郎は身を起こそうとしたが、唐十郎にとめられてそのまま横になっていた。

「りつどのには、大名家に剣術の指南を頼まれ、数日、江戸を離れるとだけ伝えてある」

弥次郎には、りつという妻と琴江という娘がいた。弥次郎は家を留守にすることを心配していたので、唐十郎がそのように話したのである。

「若先生に、そこまでしていただいて……。もうしわけございません」

弥次郎は困惑したように眉宇を寄せて言った。

「まァ、骨休めのつもりで、ゆっくり養生するんだな」

そう言って、唐十郎は腰を上げた。いつまでも、そばに座っていては弥次郎が気を使うだろうと思ったのである。

縁先に出ると、助造が跟《つ》いてきた。

「お師匠」

助造が思いつめたような顔をして言った。

「なんだ」

「おれに、鷲津だけは討たせてください」

助造が唐十郎を見すえて言った。目に憎悪の炎があった。助造は何としても鷲津から受けた屈辱を晴らしたいらしい。

「助造」

唐十郎が静かな声で言った。

「鷲津を恐れず、踏み込め。おまえの腕なら、後れを取ることはないはずだ」

このところ、助造は居合の腕を一段と上げていた。業前だけなら鷲津にも引けをとらないはずだ。問題は真剣勝負に臨んでいかに心を平静に保てるかだった。特に、居合は抜く刀の迅さと敵との間積もりが命である。激情や恐怖は身を硬くして迅さを奪い、間合の読みもあやまるのである。

唐十郎は、いま助造に必要なのは鷲津に勝てるという自信だとみていたのである。

「は、はい……」

助造が目をひからせてうなずいた。

唐十郎は黙したまま西の空に目をやった。淡い蜜柑《みかん》色の残照のなかで、細い雲が血の筋を引くように赤く染まっている。

2

咲は相模屋の主人甚左衛門と番頭の盛造を尾けていた。暮れ六ツ（午後六時）ちかくで、日没前の弱々しい陽が町筋を照らしていた。

咲は百姓の娘らしい粗末な衣装に身をつつみ、継ぎはぎだらけの風呂敷包みを背負っていた。近郊の農家から、農作物を売りに来た帰りのように見えるだろう。

甚左衛門と盛造は日本橋にある相模屋を出て京橋《きょうばし》を渡り、いまは八丁堀川沿いの道を鉄砲洲《てっぽうず》の方にむかって歩いていた。

ここまで来ると、咲にはふたりの行き先が分かった。南飯田町にある相模屋の寮である。

思ったとおり、ふたりはちいさな木戸門から生け垣をまわした寮のなかに入っていった。

ふたりの姿が戸口から消えると、咲はすぐに生け垣沿いに海岸の方へまわった。以前と同じ場所に身を隠して盗聴し、甚左衛門が何のために寮に来たのか探ろうと思ったのである。

咲は海岸に面した生け垣の隙間からなかを覗いた。

――だれかいる！

庭の灌木の陰に人影があった。夕闇に溶ける濃い茶の筒袖と股引姿の男だった。咲はその男の姿に見覚えがあった。岸山を探りにいった配下の江国仲蔵である。

咲は生け垣の隙間から庭に侵入し、樹陰をつたって江国に近付いた。

すぐに、江国が振り返った。背後から近付く人の気配を察知したらしい。

「お頭！」

江国は驚いたような顔をして言ったが、伊賀者らしく声を殺している。

「どうしてここに？」

咲も声を殺して訊いた。

「岸山の用人の千草を尾けてきました」

「わたしは、相模屋のあるじと番頭を」

どうやら、岸山の不正にかかわった首謀者たちが集まっているようだ。まちがいなく誅殺組の者たちも顔をそろえるはずである。

「男たちは縁側の奥の座敷に集まるはずです。わたしは左手の戸袋のちかくへいく。江国は右手へ」

咲はそう指示して、その場を離れた。

江国は侵入術の達者だった。耳もいい。咲はふたりで盗聴すれば、集まった者たちの話を聞き漏らすことはないと踏んだのだ。

江国は巧みに樹陰に身を隠しながら、縁側の右手へむかった。そこは板壁になっていて、盗聴しづらいが江国の耳なら聞き取れるはずである。

咲は縁側の脇の戸袋のそばに身をかがめて聞き耳をたてた。以前盗聴した場所である。家のなかから、男たちの挨拶を交わす声や複数の畳を踏む音などが聞こえた。男たちが座敷に集まってきたらしい。いっときすると、物音と話し声がやみ、

「集まってもらったのは、このままでは殿の身があやういからだ。殿が詮議を受けるようなことになれば当然、累は相馬さまにも及ぶ。そうなればわれらも、相応の咎《とが》を受けることになるぞ」

苛立ったような男の声がした。千草である。だが、盗聴している咲には、その声の主は

分からなかった。

「何か動きがございましたか」

梶山が訊いた。咲には、聞き覚えのある声だった。その物言いから、梶山であろうと推測した。

「横尾が殿の配下の作事方勘定役の者を捕らえ、杉浦が自ら吟味を始めたようだ。嫌疑は御畳奉行と結託し、畳の購入に際し不正があったとのことだが、それは口実。杉浦の狙いは殿や相模屋の調べだ」

千草が言うと、甚左衛門がつづいた。

「てまえの店にも、御目付の手が伸びているようでございます。仙吉《せんきち》という手代が御小人目付とみられる武士に脅され、いくつか帳簿類を見せたようです。幸い、仙吉の持ち出した帳簿は岸山さまにかかわるものではなかったのですが、今後どのような手で探索の手が伸びてくるかしれませぬ」

甚左衛門の声には困惑のひびきがあった。

「それに、伊賀者だ。岸山家の屋敷にも侵入した形跡がある。そこもとたちの襲撃が失敗し、島根や船岡が斃されたのも伊賀者のためではないのか」

「いかさま」

梶山の声には無念そうなひびきがあった。

「伊賀者の背後には老中の阿部がいる。阿部の命もあって、杉浦や世良が攻勢に出てきたとみねばなるまい。それでな、このあたりで、杉浦たちが探索を打ち切らざるを得ないような確かな手を打ちたいのだ」

千草が言った。

「確かな手とは？」

梶山が訊いた。

すぐに、千草は答えなかった。千草は集まった男たちに視線をまわしているのかもしれない。次に発言する者がなく、座敷は静寂につつまれた。

「最も確かな手は、杉浦を始末することだ」

千草がおもむろに言った。

「杉浦を！」

梶山の声には驚いたようなひびきがあった。相手は御目付の要職にあり、老中の阿部ともつながっている大物である。

「岸山さまは、江戸市中に出没する辻斬りや浪士の仕業に見せればよいと仰せられている。そうすれば、逆に執政者が幕府のお膝元である江戸の治安も守れない責任を問われるとのことだ。責められるは、阿部や駒田側だよ。……そのために、これまでも誅殺組として斬ってきたのではないか」

「いかさま」

梶山は納得したようだった。

「さて、その方法だが。何か策はないか」

千草が声を低くして訊いた。

「われらが、襲撃するより他にありますまい」

梶山が言った。

「何としても、失敗は許されんぞ」

千草が言うと、また座敷が静かになった。集まった男たちは黙考しているらしい。

いっときして、梶山が口をひらいた。

「杉浦の屋敷内に侵入することはむずかしい。伊賀者に気付かれる恐れは多分にある。となると、杉浦の登下城時を狙って奇襲する手だが……」

そこで、急に梶山の声がちいさくなった。

咲は首を突き出すようにして耳を澄ませたが、ボソボソとくぐもった声が聞こえただけで、話の内容は分からなかった。

いっときすると、男たちのざわめきが聞こえ、立ち上がる気配がして床を踏む足音が聞こえた。何人かが、座敷を出て行ったらしい。

咲はまだその場から離れなかった。座敷に残った男たちの雑談が聞こえたからである。

男たちの会話の断片から、いくつかのことが知れた。杉浦の登下城時を襲うつもりらしいこと、あらたな仲間をくわえるつもりらしいこと、金は相模屋から出るらしいことなどである。

男たちの話は、しだいに杉浦を斃《たお》して岸山の追及が終わった後のことが多くなった。ある者は幕臣にとりたてられることを口にし、ある者は大金を得て道場をひらくことなどを話していた。どうやら、仕官や金を餌に、腕のたつ牢人や脱藩者などを誅殺組に引き入れたらしい。

咲はその場を離れた。男たちの会話がしだいに猥雑になってきたからである。

生け垣の外に出ると、江国が待っていた。

「江国、話を聞きましたか」

咲が訊いた。

「はい、あらかた」

すぐに、江国が盗聴した内容を話した。ほとんど咲が耳にしたことと同じだった。ただ、江国は咲には聞き取れなかった梶山の話も聞き取っていた。

梶山は夜のうちからひそんでいて、登城時に襲った方が確かだと口にしたという。しかも伊賀者に察知されないため虚無僧や職人などに変装し、分散して集まるよう指示したそうである。

「それで、集まる場所は」

「それが、話しませんでした」

「襲撃の日は」

肝心なのは、決行の日である。それが分かれば、杉浦の登城の経路を調べて襲撃場所も把握できる。

「ここ数日の内に、仕掛けるとだけ言っていました」

日は決まっていないようである。おそらく、誅殺組も事前に登城の経路を探ってから襲撃の日と場所をきめるのであろう。

「なんとしても、杉浦さまを敵の手にかけさせてはならぬ」

咲が顔をけわしくして言った。

杉浦が討たれれば、次は世良にも暗殺の手が伸びるだろう。杉浦と世良が殺されれば、岸山の追及は頓挫《とんざ》せざるを得なくなるのだ。それは阿部の懐刀である駒田の敗北につながり、対立している相馬の力が増すことになる。そうなると、阿部の幕閣での勢力が衰え、掃部頭をはじめとする譜代大名たちが一気に攻勢にでるだろう。

「江国、草川とともに、誅殺組の動きを追ってくれ」

咲が命じた。誅殺組の襲撃を事前に察知し、杉浦を守らねばならない。誅殺組の動きを追っていれば、襲撃を察知できるはずである。むろん、咲も誅殺組の動きを追うつもりでいた。

3

その日の夕方、咲は亀井町にいた。梶山の道場だった家屋をかこっている板塀の陰に身をひそめていたのである。もっとも、咲は闇に溶ける忍び装束に身をかためていたので、物音さえ立てなければ梶山に気付かれる恐れはなかった。

咲がこの場に身をひそめるようになって四日目である。このところ梶山は近くの一膳めし屋で腹ごしらえをする他はほとんど家から出なかった。ここ二日、師範代だった峰岸が姿をあらわしたが、半刻（一時間）ほどいただけで帰ってしまった。

咲は、梶山たちは伊賀者に察知されるのを恐れて、杉浦の襲撃の日まで隠れ家に引きこもっているつもりではないかと思った。おそらく、峰岸が一味の連絡役であろう。

暮れ六ッ（午後六時）の鐘が鳴り、小半刻（三十分）ほどしたときだった。戸口があき、梶山が顔をだした。

梶山はぶらぶらと表通りの方へ歩いていく。いつもの一膳めし屋へ行くのかもしれない。表通りは濃い暮色につつまれ、どの店も板戸をしめてひっそりとしていた。ときおり、遅くまで仕事をしていたらしい職人ふうの男や夜鷹そばなどが通ったが、人影はほとんどなかった。

と、前方から半纏《はんてん》に股引姿の大工か船頭と思われる男がふたり、足早に歩いてきた。ふたりとも手ぬぐいで頬っかむりして顔を隠している。

——あのふたり、武士だ。

咲は腰の据わった歩行姿勢から看破したのだ。しかも、武芸の修行を積んだ者のようである。

——猿島と峰岸らしい。

咲はふたりを尾行したことがあったので、その体付きから分かったのだ。咲のような忍びの達者になれば、なまじの変装など役に立たない。

ふたりは梶山と顔を合わせると人目を避けるように路傍に立ち、何やら話していた。遠方のため、声を聞くことはできなかった。

いっとき三人は足をとめて話していたが、まず猿島と峰岸が来た道を引き返し、その姿が離れると、梶山がゆっくりと歩きだした。密談は終わったらしい。

——襲撃は明朝のようだ。

と、咲は察知した。変装してふたりが梶山と会ったことが、それを物語っていたし、猿島と峰岸の姿に緊迫した雰囲気があったのだ。

咲が梶山の跡を尾けようとしたとき、路傍の灌木の陰に人の気配がした。姿が見えないが常人とはちがう。忍者である。

「お頭」

声をかけたのは、江国だった。猿島を尾けてきたにちがいない。咲は江国に猿島の住処を教え、尾行するよう指示していたのだ。

灌木の陰から江国が姿をあらわし、咲に近付いた。

「猿島と峰岸は、他にふたりの変装した武士とも会っています」

江国によると、ここに来る途中、猿島たちは武士が変装したと思われる虚無僧と職人ふうの男と会っていたという。

「誅殺組は明朝、杉浦さまを襲うようです」

咲は、まちがいないと確信した。

「草川にも知らせ、一味を尾けて襲撃の場所を探ってください。わたしは、狩谷さまたちに知らせます」

「承知」

江国はきびすを返すと、夜陰につつまれ始めた通りを走りだした。

咲もすぐに動いた。まず、緑町の空屋敷にいる唐十郎と会って、梶山たちが動いたことを知らせねばならなかった。

すでに、咲は唐十郎に梶山たち誅殺組が杉浦を襲うつもりでいることを知らせてあった。咲たち伊賀者だけでは、誅殺組の動きが把握できても阻止できなかった。唐十郎たちの剣の腕が必要だったのである。

唐十郎もそのことは承知していて、梶山たちは、おれたちが討つ、と咲には話していた。もっとも、唐十郎たちは当初から誅殺組を斬るつもりで動いていたのである。

そのとき、唐十郎は弥次郎のいる座敷にいた。助造もそばにいる。弥次郎の傷はだいぶ癒え、いまは身を起こして歩けるようになっていた。

咲は忍び装束のまま座敷へ入ると、

「唐十郎さま、梶山たちが動きました」

と、唐十郎と顔を合わせるなり言った。

「動いたか。それで、襲撃の場所は」

唐十郎が訊いた。助造と弥次郎も、緊張した顔で咲に目をむけた。

「まだ、そこまではつかめませぬ」

咲はこれまでの経緯をかいつまんで話した。

「まちがいない。明朝、やる気だ」

「横尾さまと野須さまは、どういたしましょう」

と、咲が訊いた。

「横尾だけに、知らせてくれ」

唐十郎はこの日のために横尾には連絡してあったが、野須に知らせる気はなかった。野須が内通者かどうかはっきりしなかったが、駒田家から相手に洩れる恐れが大きかったのだ。

すでに、横尾は唐十郎から話を聞いて、どのようなことがあっても、杉浦さまは討たせぬ、と言い、横尾の配下の御徒目付や御小人目付のなかから腕に覚えの者を三、四人同行することを約束していた。

唐十郎は、新しく誅殺組の仲間にくわわる者がいても、総勢七、八人と読んでいた。味方は弥次郎を除いて、唐十郎、助造、横尾、御小人目付が三、四人、それに咲たち伊賀者が三人くわわる。唐十郎は、十分太刀打ちできると踏んでいたのだ。

「お師匠、行きましょう」

助造が目をつり上げて立ち上がる素振りを見せた。

「咲、おれたちは先に今川町《いまがわ》へ行っている」

唐十郎はかたわらに置いてあった祐広を手にした。襲撃場所ははっきりしないが、杉浦の登城経路のどこかであることはまちがいないだろう。杉浦は今川町の自邸から一橋《ひとつばし》御門を通って江戸城の曲輪《くるわ》内に入るはずだ。そこで、唐十郎たちは敵の襲撃場所がはっきりしない場合は、夜のうちに一橋御門の手前にある火除地に集まるように打ち合わせてあったのだ。

「若先生、わたしも」

弥次郎も立ち上がろうとした。

「弥次郎はここにいてくれ。その体では、まだ無理だ」

唐十郎は制した。弥次郎の気持ちは分かるが、まだ刀を自在にふるうことはできないのだ。

「ですが、わたしも」

弥次郎は同行するつもりで立ち上がった。

「では、ふさと小四郎のそばについてやってくれ。ただし、刀を持参しないと約束すればの話だ」

唐十郎は歩くだけなら傷にも差し障りないだろうと思った。刀さえ持っていなければ、戦いにくわわることはないはずだ。それに、ふさと小四郎にはだれかついてやる必要があったのだ。

「分かりました」

弥次郎は苦笑いを浮かべて承知した。

「わたしは、横尾さまに知らせます」

咲がそう言い残して、先に座敷を出た。

4

寅《とら》の上刻（午前三時過ぎ）ごろだった。満天の星空である。弦月が皓々とかがやいている。そよという風もなく、辺りは身を締め付けられるような夜の静寂《しじま》につつまれていた。

一橋御門近くの火除地の隅に六人の人影があった。唐十郎、助造、弥次郎、ふさと小四郎、それに鹿島与兵衛《かしまよへえ》という初老の武川家の家士である。

ふさによると、鹿島は、何としても殿の無念を晴らしたいので、連れていってくれ、と言い張り、仕方なく同行したという。ただ、鹿島のへっぴり腰から見て、戦力にはならないようだ。ふさたち三人は気が昂っているらしく目をつり上げ、身を小刻みに顫わせている。

すでに季節は春だが、夜更けの風は冷たかった。唐十郎たちは空屋敷にあった羽織や道中合羽などを持参し、寒さを凌ぐために身にまとっていた。

いっときすると、横尾が三人の屈強の武士を連れて姿を見せた。三人は、御徒目付の清《し》水平次郎《みずへいじろう》、御小人目付の香山助太郎《かやますけたろう》、柴崎孫八《しばざきまごはち》と名乗った。唐十郎たちも名乗ったが、すでに横尾から話してあったらしく、唐十郎たちのことを知っているようだった。

横尾たちが来て小半刻（三十分）ほどしたとき、咲があらわれた。咲は横尾たちには姿を見られたくないのか、唐十郎を火除地の隅の樫の樹陰に呼んだ。

「敵勢は八人、なかに千草五兵衛もくわわっているようです」

咲が小声で言った。

咲によると、岸山邸を見張っていた配下の草川が、千草が梶山たちと同行し、今川町に向かっているのを確認したという。おそらく、千草には杉浦を何としても始末したいという強い気持ちがあり、同行する気になったのであろう。

「河合もいるな」

唐十郎は河合の存在が気になった。

「おそらく、八人のなかに」

咲が顔をけわしくしてうなずいた。

「河合はおれが討つ」

唐十郎がつぶやくような声で言った。河合は剣鬼である。唐十郎はふさと小四郎の助勢というより、まず河合との勝負が先だと思っていた。勝負を制することができれば、ふさと小四郎に恨みの太刀をふるわせてやることも可能であろう。

「様子をみてきます」

咲はそう言い残して、その場から去った。

唐十郎は横尾たちのそばにもどり、咲から聞いた話を伝えた。

「千草も、くわわっているのか」

横尾は驚いたような顔をしたが、すぐに顔をひきしめ、千草は、おれに斬らせてくれ、と言い、

「せめておれの手で此度《こたび》の騒動の陰で糸を引く千草を斬り、殺された谷垣や小山内の無念を晴らしてやりたいのだ」

と、語気を強めて言い添えた。

唐十郎は無言でうなずいた。

それから一刻（二時間）ほど過ぎた。辺りは夜陰につつまれていたが、東の空がかすかに明らんでいる。

そのとき、足音がし、火除地につづく通りに黒い人影がふたつあらわれた。江国と草川だった。ふたりとも忍び装束である。

ふたりは唐十郎のそばに駆け寄った。覆面の間から双眸が野禽《やきん》のようにひかっている。

おそらく、咲の命で知らせにきたのだろう。

「狩谷どの、誅殺組の者たちが四人、ここにむかっています」

江国がくぐもった声で言った。

「そうか」

不思議はなかった。杉浦の登城の道筋で武家屋敷や町家がないのはこの火除地ぐらいだった。ひそかに集結し、登城の者を襲うにはいい場所だったのだ。

「はい、誅殺組はこの火除地に身を隠して、杉浦さまの一行を待ち伏せするつもりかと」

草川が言い添えた。

「分かった。……咲はどうした」

唐十郎は咲が姿を見せないのが気になった。

「お頭は、他の四人を尾けております。すぐに、知らせにまいりましょう」

そう言い残し、江国と草川が走り去った。

ふたりの姿が夜陰に消えていっときすると、咲があらわれた。

「すこし遅れて、千草や梶山もここに来ます。千草と誅殺組七人はここに集結し、杉浦さまを襲うつもりです」

咲が断言するように言った。

「われらも、姿を隠そう」

どうやら敵は二手に分かれて、ここに集結するようだ。梶山と千草は後続らしい。先着の者が唐十郎たちに気付けば、襲撃を取りやめて逃走するだろう。何人か討てたとしても、一味の宰領役である梶山と千草は取り逃がす恐れがある。唐十郎は、誅殺組が集るまで身を隠して待とうと思ったのである。

「ここが決戦の場だな」

唐十郎が言うと、咲は無言でうなずいた。唐十郎を見つめた目に強いひかりがある。伊賀者の組頭らしい鋭い目である。

唐十郎の指示で、その場に集まっていた横尾や助造たちは、火除地の隅に植えられていた樫の陰や丈の高い雑草のなかに身を隠した。

唐十郎は、弥次郎、ふさ、小四郎とともに枝葉を茂らせていた樫の陰にまわった。咲た ち伊賀者も付近に身を伏しているはずだが、唐十郎にもどこにいるか分からなかった。

東の空の明らみが増し、瞬いていた星々がそのひかりを失い、辺りの夜陰を押し退けるように淡い乳白色のひかりがひろがってきた。

そろそろ払暁である。

5

東の空が鴇色《ときいろ》にかがやき、夜陰に沈んでいた家々や樹木などがそれぞれの色彩をとりもどし始めていた。辺りが明るくなり火除地にひろがる枯れ草や灌木などが姿をあらわし、火除地の先につづく武家屋敷の甍《いらか》などもはっきりと見えてきた。

火除地のなかほどに、小川町方面から一橋御門へとつづく通りがあった。その通りの先にふたつの人影があらわれた。ふたりとも黒半纏《くろはんてん》に股引姿、手ぬぐいで頰っかむりしていた。職人か大工といった感じである。ただ、手にしているのは丸めた茣蓙《ござ》で、仕事道具は持っていなかった。

——来たな。

唐十郎は、腰の据わった姿勢からふたりが武士であることを看破した。それも、相応の剣の遣い手のようだ。手にしている茣蓙のなかに、刀が入っているにちがいない。

ふたりにつづいて、虚無僧姿の男がふたりあらわれた。ふたりとも天蓋をかぶっているので、顔は見えない。虚無僧姿と職人ふうの四人は、顔を合わせて何やら言葉をかわしたようだった。遠方のため、何を話したかは聞き取れなかった。

四人は身を隠すでもなく、路傍に立っていた。まだ、明け六ッ（午前六時）前だったので通りに他の人影はなく、身を隠す必要もなかったのであろう。

いっときすると、さらに三人の人影が通りの先にあらわれた。職人ふうの男がひとり、御家人ふうの男がふたりいた。御家人ふうのふたりは、頬隠し頭巾をかぶっていた。顔を見られたくないらしい。その三人からすこし離れて、総髪の牢人がひとり、飄然と歩いてくる。

——河合だ！

唐十郎はその姿から河合だと見てとった。

遠方ではっきりしなかったが、御家人ふうのふたりが梶山と千草であろう。

先着の四人と後続の四人が顔を合わせて言葉をかわした後、何人かが襲撃の場所でも探すように通りに目をやっていた。

仕掛けるのはいまだ、と唐十郎は思い、すこし離れた樹陰にいる横尾に手を振った。仕掛けの合図である。

「行くぞ」

唐十郎は樹陰から出ると、一気に走りだした。弥次郎、ふさ、小四郎、鹿島がつづき、ほぼ同時に樹陰や雑草のなかから姿をあらわした横尾たち四人と助造が、千草と誅殺組七人にむかって疾走した。

ザザザ、と叢を分ける音が静寂を破った。十人の人影が、いっせいに路傍に立っている男たちに迫っていく。

「敵だ！」

梶山が声を上げた。

「迎え撃て！」

別の男が吼《ほ》えるように怒鳴った。

虚無僧姿の男たちが慌てて天蓋を放り投げ、職人ふうの男が手にした蓙蓙から刀を取り出した。

唐十郎は一気に、御家人ふうのふたりに迫った。まず、抜きつけの一刀でひとりを斃《たお》し、その後に河合と勝負しようと思ったのだ。

「千草どの後ろへ！」

叫びざま、御家人ふうの男が唐十郎の前に飛び出してきた。

梶山である。唐十郎は一度、梶山と切っ先を合わせていたので、その体軀から分かったのだ。梶山の背後に身を引いた武士が、千草らしい。

梶山の声を聞き、横尾と清水が唐十郎たちの方に駆け寄ってきた。香山と柴崎は別の男たちの方に走っていく。

――虎足を遣う。

唐十郎は一気に敵の正面に迫り、一太刀で勝負を決するつもりだった。

一瞬、梶山は唐十郎の寄り身の激しさに驚いたような顔をしたが、さすがに直心影流の達者だけあって構えはくずれなかった。

わずかに身を引いたが、青眼に構えた切っ先はピタリと唐十郎の目線につけられていた。腰も据わっている。

イヤアッ！

走りざま、裂帛の気合とともに唐十郎が抜きつけた。

鋭い突き刺すような一撃が、梶山の鍔元を襲った。籠手である。

その迅さと果敢さに一瞬梶山の反応が遅れ、唐十郎の切っ先に右手の甲の肉を削がれたが、次の瞬間、梶山は右手に跳びながら刀身を払った。咄嗟の反応である。

唐十郎の着物の脇腹が裂けたが、肌にはとどかなかった。

一合したふたりは、大きく背後に跳んだ。唐十郎はすばやく刀身を鞘に納め、梶山はふたたび青眼に構えた。梶山の右手の甲から、タラタラと血が流れ落ちていた。だが、肉を削がれただけの浅手である。

そのとき、河合が梶山の前に進み出てきた。すこし前屈みで、両腕をだらりと下げていた。唇が赤みを帯び、垂れた前髪の間から唐十郎を見つめた双眸が炯々とひかっている。猛虎を思わせるような目である。

「狩谷の相手は、おれだ」

言いざま、河合は抜刀した。

「望むところだ」

唐十郎は左手で祐広の鯉口を切り、柄に右手を添えた。

突如、唐十郎の背後にいたふさが、

「武川紀一郎の娘、ふさ、河合沢之助、父の敵！」

と、甲走った声を上げた。すると、小四郎も切っ先を河合にむけながら、

「同じく一子、小四郎、父の敵！」

と、叫んだ。ふたりとも襷がけで白鉢巻き姿だった。眦《まなじり》を決して河合に切っ先をむけているが、腰が引け、激しい興奮で体も刀身も小刻みに震えていた。そのふたりの背後に、鹿島がいた。目をつり上げ、何か口にしたようだったが、ワナワナと唇が震えて呻《うめ》き声のように聞こえただけだ。

一瞬、河合は唐十郎の背後にいるふさたちに目をやったが、口元にうす笑いを浮かべただけで何も言わなかった。

「ふさ、小四郎、間合を取って河合の左右へまわれ！」

弥次郎が強い口調で指示した。

ふさと小四郎はすぐに河合の左右に走り、三間余の間合を取った。弥次郎がふたりに間合を取らせたのは、下手に斬りかかったりすると、かえって唐十郎の邪魔になるとみたからである。

一方、横尾と清水は梶山に切っ先をむけていた。千草は梶山の脇で青眼に構えていたが、顔をこわばらせて大きく間を取っていた。そこそこ剣は遣えるようだが、横尾や清水

には太刀打ちできないとみているのかもしれない。

「来い！　幕府の犬ども」

梶山が怒号を上げた。ひとりで、横尾と清水を相手にするつもりらしかった。

梶山の右手の甲から血が滴り落ちていた。体中に猛々しい気勢がみなぎり、目が憤怒につり上がっている。手の負傷が、梶山の気を異常に昂らせているようだ。

6

助造は虚無僧姿のひとりが鷲津であることを目にすると、一気にその前へ駆け寄った。

「鷲津伝兵衛、勝負だ！」

助造が怒りの声を上げた。

「若造、まだ懲《こ》りずにわれらに盾《たて》突く気か」

眉が濃く、頤《おとがい》の張った鷲津の顔に嘲笑が浮いた。

「きさまを斬って、恥辱をうけた無念を晴らす」

言いざま、助造は鯉口を切り、右手を柄に添えて居合腰に沈めた。気は昂っていたが、以前対したときのような体の震えはなかった。短期間ではあったが、酷烈な稽古と唐十郎の言葉が助造にいくらかの落ち着きを与えたのであろう。それに、今日はふさや小四郎をかばう必要がなかった。助造は鷲津との勝負に集中できるのだ。

「今度は、容赦せぬぞ」

鷲津は抜刀した。ゆっくりとした動きで刀身を振り上げ、八相に構えた。大きな構えで、上から伸しかかってくるような威圧がある。

助造は、今度も稲妻を遣うつもりだった。稲妻は上段や八相の相手に対して威力を発揮する技だったからである。

ただ、稲妻だけでなく虎足と稲妻を連続して遣うつもりでいた。以前、鷲津と対戦したとき後れを取ったのは、稲妻をふるった瞬間の間合が遠く、鷲津に太刀筋を見切られて身を引かれたからだと分かっていたのだ。虎足の一気の寄り身で相手との間をつめ、ふところに入ってから稲妻をふるえば、かわしきれないと読んだのである。

両者の間合はおよそ四間。

「鷲津、いくぞ！」

助造は腰を沈めたまま摺り足で一気に鷲津との間合をつめた。疾走するような迅さである。

一瞬、鷲津は驚いたような顔をして、一歩身を引いた。助造の敏速で果敢な寄り身に驚いたらしい。だが、すぐに体勢をたてなおし、全身に気勢を込めた。助造の目に、鷲津の構えがさらに大きくなったように映った。

が、かまわず助造は身を寄せ、斬撃の間に迫った。

刹那、鷲津の全身に斬撃の気配が疾った。

タアッ！

短い気合を発し、助造が遠間から抜き付けた。稲妻は片手斬りで払うため遠間からも仕掛けられるのである。

虎足から稲妻へ。助造の迅速な連続技だった。

間髪を入れず、鷲津が八相から袈裟に斬り下ろした。

一瞬迅く、助造の切っ先が鷲津の脇腹を払い、鷲津の切っ先は助造の肩先をかすめて空を斬った。

だが、助造の斬撃も浅く、鷲津の着物を裂き、皮膚をかすかに斬っただけである。

ふたりは交差し、大きく間を取ってから反転した。

「お、おのれ！　若造」

鷲津のいかつい顔が憤怒にゆがんだ。浅手だが、見下していた相手に後れを取り、怒りが込み上げてきたらしい。

鷲津はふたたび八相に構えると、今度は自分から間合をつめてきた。巌《いわお》で押してくるような寄り身である。

助造は刀身を引いて脇構えに取った。すでに抜刀していた助造は山彦を遣おうとしたが、その間がなかった。やむなく、稲妻の抜刀の呼吸で鷲津の胴を払おうとしたのである。

鷲津は斬撃の間に踏み込むや否や、袈裟に斬り込んできた。気攻めも牽制もない強引な仕掛けだった。

咄嗟に、助造は右手に跳びながら横に払った。だが、鷲津の斬り込みが迅く、かわしきれなかった。助造の肩先から胸にかけて着物が裂け、肌に血の線がはしった。肉を浅く斬られただけだが、出血が幾つもの赤い筋となって流れ落ちた。

一方、助造の横に払った切っ先も、鷲津の右の二の腕をとらえていた。着物が裂け、真っ赤に染まっている。

だが、鷲津の動きはそれでとまらなかった。間を取って反転すると、刀身を振り上げざま一気に身を寄せてきた。

そのときだった。鷲津のそばで、柴崎と切っ先をむけ合っていた猿島が呻き声を上げて身をのけ反らせた。手裏剣である。ひそんでいた咲たち伊賀者が、手裏剣を打ったのだ。

手裏剣はつづけざまに飛来した。

一瞬、鷲津は身を硬直させて寄り身をとめた。鷲津の足元の地面にも、手裏剣が突き刺さったのだ。次の瞬間、鷲津の視線が手裏剣の飛来した方に流れた。刹那、助造の体が躍動した。

——真向両断《まっこうりょうだん》。

立ち居から敵の真向へ斬り込む小宮山流居合の基本技である。

助造は真向両断で斬り込もうと思ったわけではなかった。無意識裡に体が反応したのである。

助造の切っ先が鷲津の顔を縦に斬り裂いた。

鷲津のゆがんだ顔に血の線がはしったように見えた瞬間、額や顎にかけて血が噴き出した。突然、赤い布が鷲津の顔にかけられたように、助造の目に映った。ひらいた口が左右に割れ、白い歯が覗いている。

鷲津は顔から胸にかけて血まみれになり、くずれるように倒れた。悲鳴も呻き声も聞こえなかった。仰向きに横たわった鷲津の顔面から流れ出た血が、地面に滴り落ちる音が聞こえるだけである。

凄まじい死顔だった。眼球が飛び出るほど目を見開き、裂けた傷口から頭骨が覗いていた。歯を剝いた口がふたつに裂かれ、喉まで血がつまっている。

助造は血刀をひっ提《さ》げたまま呆然とつっ立っていた。安堵も喜びもなかった。鶩津の凄惨な死顔が真剣勝負の酷烈さを見せつけ、助造の胸をゆさぶったのだ。

——お、おれを、馬鹿にしたからだ。

荒い息を吐きながら、助造は何度も同じ言葉をつぶやいた。


火除地のなかで、唐十郎たちと誅殺組の激しい戦いがくりひろげられていた。当初はほぼ互角でそれぞれが相手と対峙して戦っていたが、咲たち三人の伊賀者が手裏剣攻撃を始めると、形勢は唐十郎たちにかたむいた。姿の見えぬ敵の飛び道具は、誅殺組にとって脅威だったのである。

まず、鶩津と猿島が斃れた。つづいて峰岸が肩口に深手を負ったが、必死に抵抗していた。

一方、唐十郎たちも無傷ではなかった。香山が二の腕に深手を負い、柴崎が右手の指を一本斬り落とされていた。

東の空が陽の色に染まり、辺りはすっかり明るくなっていた。そろそろ明け六ッであろう。朝の早いぼてふりらしい男が通りかかったが、男たちの戦闘に気付くと、顔色を変えて逃げ去った。

誅殺組は不利だったが、激しく抵抗した。火除地には気合や怒号が交差し、剣戟《けんげき》の音がひびいている。

7

唐十郎と河合は、およよ三間の間合を取って対峙していた。すでにふたりは一合していた。唐十郎の右足の袴が横に裂け、脛に血の色があった。浅手だったが、河合の虎伏の剣の斬撃を受けたのである。

唐十郎は鬼哭の剣を遣ったが、わずかな差でかわされていた。

「若師匠、助太刀します」

弥次郎が切羽詰まったような声で言い、小四郎の手にした刀を借りようとした。唐十郎が危ういと見たのである。

「弥次郎、助太刀無用！」

唐十郎は強い声で弥次郎を制した。

たしかに、初太刀は河合の虎伏の剣がまさっていた。だが、唐十郎は虎伏の剣の妙が見えたような気がしていたのだ。夜陰のなかでなく、はっきりと相手の構えや動きが見える明るさのなかで立ち合ったためかもしれない。

——間合と寄り身の迅さだ。

と、唐十郎は思った。

虎伏の剣は腰を深く沈めて虎が伏しているような身構え、刀身を背後に引いて隠す。これには、敵に間合を読ませない利がある。さらに、左右に上体を振りながら迫ることで、敵はその動きに惑わされてしまう。しかも、虎が獲物に飛びかかるような迅く、果敢な寄り身なのだ。そのため、敵が河合の動きに対応しようとしたときには、すでに河合は斬撃の間に踏み込んでいるのだ。

それでも、河合の斬撃が真っ向や袈裟斬りなら、咄嗟に受けたりかわしたりすることもできるだろう。だが、脛を払う剣は低すぎて、刀身で受けることがむずかしい。かわすためには、飛び上がるか背後に跳ぶしかないが、そうした動きは一瞬両足に力を溜めねばならず、斬撃の迅さに対応できないのだ。

——霞飛燕《かすみひえん》を遣う。

唐十郎には霞飛燕と名付けた秘剣があった。鬼哭の剣から独自に工夫した敵の右手の甲を斬る剣である。

唐十郎は間を取って刀身を鞘に納めると、右手を柄に添えた。

「うぬの居合は、おれにはつうじぬ」

河合が低い声で言った。

「そうかな。虎も、礫のごとく飛ぶ燕には牙を剝くことができまい」

言いざま、唐十郎は居合腰に沈めて抜刀体勢を取った。

それを見て、河合は深く腰を沈め、刀身を背後に引いた。足裏をするようにして、ジリジリと間合をつめてくる。

河合の全身に気勢がみなぎり、下から突き上げてくるような威圧があった。

唐十郎は気を鎮めて、敵の動きを見つめた。霞飛燕は敵の動いた瞬間をとらえ、前に跳びながら抜きつける後《ご》の先《せん》の太刀である。

唐十郎は脳裏に燕の飛翔を描いた。燕が眼前に向かって飛んでくるとき、それは黒い点のように見える。霞飛燕は、遠間から刀を敵の眼前へ突き出すようにくりだし、手の甲を斬るのだが、そのさい、切っ先が敵の目に点のように見え、間合と太刀の迅さが分からなくなるのだ。まさに、霞のなかの飛燕のごとき剣なのである。

河合との間合が狭まってきた。しだいに、河合の低い身構えに斬撃の気配が満ちてくる。

ピクッ、と河合の左肩が動き、斬撃の気が疾《はし》った。

——来る！

と、察知した瞬間、唐十郎の体が躍動した。

唐十郎は前に踏み込みざま抜きつけた。シャッ、という鞘走る音とともに、鋭い刃光がきらめいた。

ほぼ同時に、河合の体が左右に揺れ、前に迫ってくるように見えた。

かまわず、唐十郎は敵の顔面を突くように刀身を突き出し、籠手へ斬り落としておいて、右手へ飛んだ。

次の瞬間、河合の切っ先が唐十郎の膝先をかすめて流れた。唐十郎の手には、敵の肉を削いだ感触が残った。

ふたりは間を取って反転すると、切っ先をむけ合った。唐十郎は上段に構え、河合は腰を落とした脇構えにとった。

河合の右手の甲が真っ赤に染まり、だらだらと血が流れ落ちている。河合の肩先が震えていた。気の昂りだけではない。手の甲の傷が深く、腰を沈めた構えが乱れているのだ。

「お、おのれ、狩谷！」

河合の顔がひき攣《つ》ったようにゆがみ、唐十郎にむけられた双眸に狂気を思わせるようなひかりが宿った。虎伏の剣が後れを取ったことで、恐慌を来したのかもしれない。

唐十郎は上段から八相に構えなおした。河合の脛を払う剣は見切れると踏んだのである。

つ、つ、と唐十郎が間合をつめた。

すると、河合も身を寄せざま、体を左右に振った。虎伏の剣だが、鋭さと迅さがない。身構えも乱れて、背後に引いた刀身も見えていた。

オリャァ！

獣の咆哮のような気合を発し、河合の切っ先が唐十郎の膝先を襲ってきた。薙刀《なぎなた》のような大きな払いだったが、唐十郎の目にはその太刀筋がはっきりと見えた。

ヤアッ！

跳躍しざま、唐十郎は八相から袈裟に斬りおとした。

河合が呻き声を上げてのけぞり、たたらを踏むように泳いだ。

これを見ていた弥次郎が叫んだ。

「ふさ、小四郎、斬り込め！」

その声に、ふさが目をつり上げ、必死の形相で斬り込んだ。その切っ先が、河合の背を裂いた。

「父の敵！」

つづいて、小四郎が踏み込んで、河合の脇腹に刀身を突き刺した。

小四郎のそばにいた鹿島が、

「殿のご無念を晴らさん！」

と声を震わせて叫び、河合の腰のあたりに斬りつけたが、刀身が肌に食い込まなかった。腰が引けて刃筋がまがってしまったため、腰を刀身でたたいたような格好になったのである。

「お、おのれ！　小娘ども」

河合はその場に棒立ちになり、吼《ほ》え声を上げた。全身血まみれである。目をつり上げ、歯を剝き出し唸り声を上げている。

ふさと小四郎もその場につっ立って、激しく身を震わせていた。ふたりの蒼ざめた顔が、返り血を浴びて真っ赤に染まっている。

「ど、どけ、小僧……」

河合は、脇腹に突き刺さった刀を握りしめて体を密着させている小四郎を押し退けようとした。そのとき、河合の体がグラッと揺れ、腰から沈むように転倒した。伏臥《ふくが》した河合は、なおも立ち上がろうとして地面を這ったが、やがて力尽きて動かなくなった。

「よくやった、見事、本懐をとげたな」

弥次郎がいたわるように言うと、ふいにふさの顔がゆがみ、喉から突き上げてくるような嗚咽《おえつ》を上げた。小四郎も姉の泣き声にさそわれたのか、肩を震わせて泣きだした。ふたりの背後に立った鹿島は顔をくしゃくしゃにし、手の甲でしきりに目をこすっている。


唐十郎はふさたちが河合を討ったのを見とどけると、横尾たちの方に視線を転じた。横尾たちがふたりの男を追っていた。逃げているのは梶山と峰岸である。敵わぬと見て、逃走する気になったのだろう。千草の姿はなかった。横尾が仕留めたにちがいない。

逃げる梶山たちを追っているのは、横尾、助造、清水の三人だった。それに、姿は見えないが、咲たちもどこかに身をひそめているはずである。

すでに、梶山と峰岸は火除地の端まで逃げていたが、横尾たち三人も背後に急迫していた。

そのとき、ふいに峰岸が足をとめた。

「この場は、拙者が！」

声を上げざま峰岸が反転し、白刃をふりかざした。

後を追う横尾たちも、慌てて足をとめた。峰岸が前に立ちふさがったのだ。梶山は振り返ったただけで、そのまま逃げていく。

「追え、梶山を！」

横尾が叫んだ。

その声に、清水がまわり込んで梶山を追おうとした。

「そうはさせぬ」

峰岸は清水に走り寄って斬りつけた。

清水が峰岸の斬撃をかわそうとして脇に跳び、体勢をくずしてよろめいた。峰岸がその清水に迫り、刀をふり上げたところへ、横尾が後ろから袈裟に斬りつけた。

絶叫を上げて峰岸がのけ反った。さらに、横尾が背中を突くと、峰岸は膝を折って前につっ伏すように倒れた。

「梶山を追え！」

横尾が叫んだが、すでに梶山の姿はなかった。

火除地の先には大小の旗本屋敷が並び、交差している路地も多かった。梶山はどこかの路地をまがったのだろう。

いっときすると、横尾たち三人が唐十郎たちのそばにもどってきた。

「残念だが、梶山を取り逃がした」

横尾が荒い息を吐きながら言った。顔が返り血を浴びてどす黒く染まり、目がギラギラしている。

「後は、伊賀者にまかせるしかないな」

咲たちが梶山の後を追っているはずである。仕留められなかったとしても、行き先をつきとめるだろう。

「それにしても、うまく片付けたな」

横尾が満足そうに辺りに目をやった。倒れているのは、誅殺組の者ばかりである。味方は香山と柴崎が負傷しただけで、落命した者はいなかった。咲たち伊賀者の働きが大きかったのである。

「横尾さま、そろそろ登城する旗本が、ここを通るころかと」

清水が、横尾に身を寄せて言った。

すでに、東の空に陽が上り、火除地を淡い朝陽がつつんでいた。まだ、姿は見えないが、登城する旗本たちがそろそろ姿を見せるだろう。

「このままではまずい。お城の膝元で、斬り合ったことが知れれば咎《とが》めを受ける。死体を動かし、徒《いたずら》牢人どもが二手に分かれて斬り合ったように見せるのだ」

横尾の指示で、唐十郎たちも動いた。

死体は七体あった。河合、千草、鷲津、猿島、佐久間、峰岸、それに新しく仲間にくわわったらしい牢人体の男である。唐十郎も横尾も、その男の顔に見覚えはなかった。おそらく、梶山の門下だったのであろう。

「引き上げよう」

横尾が言った。

その場は、七人の男が戦ったように装っておいた。むろん、それだけでなく、横尾が配下の御小人目付たちに命じて、近隣に噂を流すはずである。

第六章　裏切り者

1

庭に春らしい暖かな陽射しが満ちていた。枯れ草の間から蓬《よもぎ》、すぎな、犬ふぐりなどが、無数の芽を伸ばしていた。枯れ草色に染まっていた庭も、いまは新緑が目立つようになっている。

その雑草におおわれた庭に、弐平が姿を見せた。ギョロリとした目で縁先を覗き、そこに唐十郎の姿がないのを知ると、仏頂面をして縁先までやってきて、

「旦那、野晒の旦那！」

と、濁声《だみごえ》を上げた。

そのとき、唐十郎は庭につづく居間で横になっていたのだが、近付いてくる弐平に気付いていた。破れた障子の穴から、弐平の短軀で猪首《いくび》の特徴のある姿が見えたからである。

「弐平か」

唐十郎は、のそりと立ち上がった。

「ヘッヘヘ……。いい陽気ですぜ。病《やまい》でもねえのに、昼間っから寝てるのは旦那ぐれえですぜ」

いつものように、弐平は唐十郎の顔を上目遣いに見ながら言った。

「何か知らせることがあって来たのではないのか」

唐十郎は伸びをしながら縁先へ出てきた。

「へい、誅殺組の犬らしい男が知れやしてね」

「だれだ」

唐十郎は、今川町で誅殺組の者たちとやりあった後も、そのことはずっと気になっていた。

「野須忠輔てえ駒田家の家来でして」

「やはり、野須か」

唐十郎にも、野須ではないかとの疑念はあったが、確信がなかったのである。それにしても、野須は巧みである。駒田家の矢沢にも切腹した赤松にも気付かれなかったのだ。それに、中間の甚吉も自分の身を守るために、唐十郎の目の前で誅殺組の者に斬らせたにちがいない。

「なにゆえ、野須が誅殺組に内通してたと知れたのだ」

唐十郎が訊いた。

「そいつを話す前に、あっしの方も旦那に訊きてえことがありやしてね」

弐平の目に腕利きの岡っ引きらしいひかりがあった。

「なんだ」

「一昨日の明け方、今川町の火除地で斬り合いがあったのを知ってますかい？」

「噂には聞いている」

唐十郎は他人事《ひとごと》のような物言いをした。

「あれは、旦那方がやったんでしょうが」

弐平が唐十郎の心底を覗くような目をして訊いた。

「さあな」

弐平なら、話してもよかったが、言葉を濁した。

「転がってた七人は、誅殺組のやつららしい。……近所の連中は、虚無僧や職人に姿を変えた誅殺組の七人が、あの場に集まって斬り合ったと噂してやしたがね。あっしは、旦那たちが誅殺組を始末したとみてるんで」

「そうかもしれんな」

唐十郎は否定も肯定もしなかった。噂を流したのは、横尾の配下の御小人目付たちである。

「まァ、あっしら町方も誅殺組が勝手にやりあったことにすれば、下手人を探る必要もねえし、無理にほじくるつもりはねえんですがね」

「それなら、放っておけ」

　唐十郎は話を打ち切るように言った。

「あっしが旦那に言いてえのは、その誅殺組がやり合う二日前の晩のことでしてね。暮れ六ッ（午後六時）を過ぎてすぐ、野須が駒田屋敷を出るのを見て、あっしは跡を尾けやした」

　弐平が声を低くして話しだした。

　野須は屋敷を出ると、相模屋に立ち寄り、番頭の盛造を連れて出てきた。ふたりはそれぞれ大きな風呂敷包みを持っていた。ふたりは風呂敷をかついで南飯田町へ行き、相模屋の寮へ入っていった。

　弐平は寒いのを我慢してしばらく見張っていると、野須と盛造が寮から出てきた。そのとき、ふたりは空手だった。風呂敷包みは寮に置いてきたらしい。

　弐平は途中までふたりを尾けたが、このまま相模屋と駒田邸に帰ると見てすぐに寮へ引き返した。

「あっしは、風呂敷包みが気になりやしてね。これから、寮で何か起こるんじゃァねえかと思ったわけなんで」

弐平は夜更けまで辛抱強く寮を見張っていた。すると、子ノ刻《ね》（午前零時）過ぎたころ、半纏《はんてん》に股引《ももひき》、手ぬぐいで頬かむりした大工か船頭と思われる男と虚無僧姿の男が出てきた。ふたりは、ちいさな風呂敷包みをそれぞれ二つずつ持っている。

不審に思った弐平は、すぐにふたりの跡を尾けた。

「ところが、とんだどじを踏んじまいやしてね。本湊《ほんみなと》町あたりまで来たとき、見失っちまったんで」

月夜だったため、弐平はすこし距離を取って尾けた。ところが、本湊町へ入ってすぐ、ふたりは急に足を速めて狭い路地へ入ったという。

弐平は慌てて追いかけた。そして、ふたりの入った路地まで来たが、ふたりの姿はなかった。弐平は路地へ駆け込み、板塀の陰や交差している路地などを覗いたが、ふたりを見つけることはできなかった。

「うまく撒《ま》かれちまったんでさァ。……それにしても、尾けてるのを気付かれたとは思えねえんだが」

弐平は唐十郎の前で首をひねった。

「弐平の尾行に気付いたわけではないな。誅殺組の者は、伊賀者が探索していることを知り、用心して尾行者を撒くようにしたのだろう」

「あっしもそうだと思いやしたがね」

「それでどうした」

　唐十郎は話の先をうながした。

「その後、あっしは駒田邸を見張ったが、野須は姿を見せなかった。そして、今川町で七人もの男が殺されたと耳にしたんでさァ。そいつの格好が、牢人、虚無僧、半纏に股引姿の職人ふうの男だったと聞いて、あっしは野須と盛造が寮に持ち込んだ風呂敷包みの中身が分かりやした」

「なんだ、中身は」

「虚無僧や職人に化ける衣装や道具で。……後から寮を出たふたりが持っていた小《ち》せえ風呂敷包みにも衣装や道具が入っていたにちがいねえ。ふたりは小分けして仲間のところへ運んだんでさァ」

「なるほどいい読みだ」

　唐十郎は、弐平の話で誅殺組が変装して火除地に集まる前にどのような動きがあったのか、よく分かった。

「やつら人目を避けて虚無僧や職人に化けて今川町へ集まったが、あっしの考えじゃァ、だれかの命を狙うためだ」

弐平がさらに言った。

「ほう、それで、誅殺組が狙った相手は？」

唐十郎は身を乗り出すようにして訊いた。

「あそこで狙う相手は、これまでの経緯をみて、杉浦さましかいねえ」

弐平が胸を張って言った。

「たいしたもんだ。読みが深い」

唐十郎は感心した。弐平は事件の背景を的確に読んでいる。

「旦那たちは、誅殺組が杉浦さまを狙っていると知って、やつらが集まったところを襲い、皆殺しにしたってわけだ」

「よく分かったな」

弐平が言い当てていたので、唐十郎は否定しなかった。

「それほどでもねえや」

そう言って、弐平はそっくり返るように胸を張った。

「これで、野須と相模屋が誅殺組とかかわってるってえことがはっきりしたわけだ。なにせ、誅殺組のやつらが着てた衣装を運んだのが、野須と盛造だからね」

「そのとおりだ」

野須が裏切っていたことはまちがいないようだ。

「旦那、これで五両分の仕事はすみましたぜ」

「そのようだな」

「また、何かあったら声をかけてくだせえ。あっしは、旦那のためだったら何でもやりやすから」

目を細めてそう言うと、弐平はきびすを返し、肩を左右に振りながら庭を出ていった。

2

咲が姿を見せたのはその夜だった。忍び装束である。伊賀者の組頭らしいきつい目をしている。

唐十郎は縁先で咲と話した。春らしい静かな夜である。

「梶山の居所が知れたのか」

咲が夜中に忍び装束で知らせにくるとすれば、そのことしかなかった。

今川町の火除地で逃げる梶山を追った咲たち伊賀者は、梶山を取り逃がしていた。梶山は火除地を出てすぐ脇道へ入ったが、ちょうど登城する大身の旗本の行列が通りかかり、咲たちは攻撃を仕掛けられなかったのだ。行列が離れた後、さらに梶山を追ったが、通りには登城する武士や早出のぼてふりなどの姿があり、まともに尾行することもできなくなった。

しかたなく、咲たちは梶山がもどるであろう亀井町の道場で待ち伏せすることにした。ところが、梶山はその道場に姿を見せなかったのだ。おそらく、梶山は道場が敵に知られていることを察し、別の場所に姿を隠したのであろう。その後、咲たちは梶山の行方を追っていたのだ。

「どこだ」

唐十郎が訊いた。

「猿島が住んでいた長屋でございます」

咲によると、念のため猿島の長屋にも探索の手を伸ばし、そこにひそんでいる梶山の姿を発見したという。

「その長屋はどこにある？」

「日本橋高砂町です。ご案内いたしましょうか」

「頼むが、その前に横尾に会わねばならぬ」

唐十郎は、弐平が探ってきたことを咲にも話し、

「野須と相模屋の番頭の盛造は、御目付が詮議することになるが、かまわぬかな」

と、訊いた。当然、野須と盛造を突破口として、御作事奉行の岸山と相模屋の主人の甚左衛門にも詮議の手が伸びるだろう。

「かまいませぬ。伊勢守さまもそれがお望みでございましょう」

咲が唐十郎を見つめてちいさくうなずいた。

「ならば、明日、横尾に会おう」

「咲は、明日の夜、ここに参りましょう」

「そうしてくれ」

唐十郎が言うと、咲は目礼してきびすを返した。

一瞬大気が乱れ、疾風が庭の雑草を揺らしたような音がしたが、咲の鼠染めの忍び装束は、すぐに夜陰のなかに消えてしまった。

翌日、唐十郎は本郷にある横尾の屋敷へ出かけた。横尾と客間で顔を合わせるとすぐ、

「われらのことを、敵に内通していた者が知れた」

と、話を切り出した。

「だれだ？」

「駒田家の家士、野須忠輔」

「なに、野須が！」

一瞬、横尾は驚いたように目を剝いたが、すぐに顔を怒りで紅潮させた。信用していただけに、裏切られた気持ちが強かったのだろう。

「おれたちが、今川町で誅殺組を討つ二日前、野須は相模屋の番頭の盛造と会っていたようだ」

唐十郎は、弐平から聞いた話を横尾に伝えた。おそらく、野須にも最後の決戦との思いがあり、屋敷を出て盛造とともに寮へ足を運んだのだろう。

「うむ……。野須と盛造を吟味すれば、岸山と相模屋の悪事もあばけるというわけか。となると、野須を斬るわけにはいかなくなるな。大事な生き証人だ」

「そうなるな」

唐十郎も、そう考えてまず横尾に知らせに来たのである。

「狩谷、野須はわれらにまかせてくれぬか。これまでわれらが探ったこともあるので、野須と盛造の口を割らせることもできると思う」

横尾が目をひからせながら言った。自信のある顔である。

「おまかせしよう」

唐十郎は、初めからそのつもりだったのである。

「残るは、梶山だが」

横尾が言った。

「梶山はわれらが始末いたす」

唐十郎は、駒田との約束もあり、誅殺組の頭目である梶山だけは自分の手で討つつもりでいた。そのため、梶山が猿島の長屋にひそんでいることを横尾には話さなかったのだ。

「では、これにて」

唐十郎は腰を上げた。


横尾はすぐに動いた。唐十郎と会った翌日、三人の御小人目付とともに駒田邸へ出向いて駒田に会い、事情を話したのである。

駒田は驚いたようだったが、横尾の話を聞いて納得し、自ら家士に命じて野須を捕らえることに協力した。駒田も、野須の詮議をとおして岸山や相模屋の悪事が露見することを望んだのである。

野須は、身に覚えがないと言って白を切り、刀を抜いて激しく抵抗したが、横尾や駒田家の多勢の家臣にとりかこまれて取り押さえられた。

横尾は捕らえた野須をひとまず自邸へ連れて行き、土蔵へ監禁した。次は、相模屋の番頭の盛造と主人の甚左衛門の捕縛である。

野須を捕らえた後、横尾は夕方になるのを待ち、相模屋が店仕舞いする直前を狙って店内に踏み込んだ。そして、盛造と甚左衛門を裏手から店の外に連れだし、やはり自邸へ連れていって土蔵へ監禁した。

横尾は三人の口書きを取ってから、御目付の杉浦に三人の身柄をどうするか指示を仰ごうと思ったのである。

3

庭先に姿をあらわした咲は、忍び装束ではなかった。薄茶地に障子《しょうじ》格子《ごうし》、花菱の模様のはいった小袖姿だった。地味な色合いのこともあり、しっとりとした落ち着きが感じられた。

「唐十郎さま、まいりますか」

咲が縁先に立って訊いた。

「まいろう」

唐十郎は祐広を腰に帯びて庭へ下りた。咲が来るのを待っていたのである。

暮れ六ッ（午後六時）前だった。雀色時《すずめいろどき》と呼ばれるころで、町筋は淡い夕陽に染まっていた。町行く人々も迫りくる夕闇に急かされるように足早に通り過ぎて行く。

咲は唐十郎の背後に寄り添うように跟《つ》いてくる。見る者の目には、武家の若夫婦と映るかもしれない。

唐十郎は神田川にかかる和泉橋を渡り、小伝馬町を抜けて高砂町へ入った。高砂町の町筋をしばらくあるいたところで、唐十郎は路傍に足をとめた。ここからは咲に案内してもらおうと思ったのである。

暮れ六ッを過ぎ、辺りは暮色につつまれていた。通りに面した表店《おもてだな》も板戸をしめ、人通りもほとんどなかった。

咲は唐十郎にちいさくうなずき、先にたって歩きだした。

いっとき歩くと、咲が路傍に足をとめて斜向かいの路地木戸に目をやった。

「唐十郎さま、あの路地の先の長屋です」

路地木戸の両側は小商人《こあきんど》の住む表長屋である。どの店も板戸をしめきっていたが、軒下の看板で、八百屋、足袋屋、瀬戸物屋などであることが知れた。

「梶山はひとりか」

「はい」

「ならば、踏み込むか」

唐十郎はふたりだけで決着をつけるつもりだった。

「騒ぎが大きくなりましょう」

梶山の住居は棟割り長屋で、外で立ち合うことになれば、長屋の住人が騒ぎだすというのだ。

「わたしが、呼んでまいります」

咲は岸山家の家臣の娘と偽り、表通りで岸山家の者が待っていると言って呼び出すという。そのためもあって、武家の娘の姿で来たのだと言い添えた。

「うまく、信用するかな」

「梶山を江戸から逃がすための呼び出しであることを臭わせれば、疑念を抱いても出てくるでしょう。それに、わたしは女、梶山も油断をするはずです」

咲は口元に微笑を浮かべて言った。呼び出す自信があるのだろう。

「では、頼む」

唐十郎は咲にしたがうことにした。

「半町ほど先の右手に、稲荷がございます。そこで、お待ちください」

どうやら、咲は立ち合いになると踏んで、付近の様子も探っておいたらしい。

う。

「そうしよう」

「助勢してもかまいませぬか」

咲は唐十郎を見つめて言った。唐十郎の腕を信じてはいるが、やはり心配なのであろう。

「いや、これはおれと梶山の勝負、咲は見ていてくれ」

唐十郎がそう言うと、咲は仕方なさそうにちいさくうなずいて、その場を離れた。

ちいさな稲荷だった。赤い鳥居の先に古ぼけた祠《ほこら》が建っていた。唐十郎は祠の陰に身を隠した。辺りは濃い暮色につつまれていたが、西の空には鴇色《ときいろ》の残照があり、上空にも青さが残っていた。まだ、立ち合いに支障のあるような闇ではない。

いっときすると、通りの先に人影があらわれた。咲と梶山である。ふたりは急ぎ足で、唐十郎がひそんでいる稲荷の方へやってくる。

唐十郎はふたりが近付くのを待ってから、ゆっくりした足取りで通りへ出た。

「き、きさまは」

梶山が驚いたような顔をして足をとめた。咲はすばやく梶山の背後にまわり込んだ。梶山の逃走を防ごうとしたようだ。

「狩谷唐十郎、ひとは野晒とも呼ぶ」

「騙《だま》したな」

梶山は怒りに顔を染めた。

「おたがい、決着をつけねばなるまい」

すかさず、唐十郎は左手で祐広の鯉口を切った。

「江戸を出る前に、梶山が背後に身を引いた。唐十郎の抜きつけの一刀を避けるためである。

「江戸を出る前に、うぬを斬らねばならぬようだな」

言いざま、梶山が抜刀した。唐十郎と立ち合う気になったようである。

「勝負を決する前に、聞いておきたいことがある」

唐十郎が言った。

「なんだ」

「うぬのような者が、なにゆえ辻斬りの真似などして人を斬るのだ」

梶山は道場までひらいていた直心影流の遣い手である。他に生きる術はあったはずだ。

「おれの剣を生かすためだ。井伊家の剣術指南役の話があったのでな」

そう言うと、梶山は切っ先を唐十郎にむけた。腰の据わった隙のない直心影流の青眼の構えである。底びかりのする双眸が射るように唐十郎を見すえている。

「そうか」

剣術指南役を手にするために、千草からの話に乗ったのであろう。

唐十郎は柄に右手を添え、居合腰に沈めて抜刀体勢を取った。

ふたりは、趾《あしゆび》を這うようにさせて、じりっ、じりっ、と間合をつめ始めた。おたがいが引き合うように斬撃の間に迫っていく。

唐十郎は、鬼哭の剣で勝負を決するつもりだった。梶山の背筋の伸びた青眼の構えを見て、河合のように特異な技の持ち主でもないし、曲技も遣わないとみた。敵が正統な直心影流を遣うなら、鬼哭の剣は存分にその威力を発揮するはずなのだ。

――なかなかの腕だ！

唐十郎は、あなどれないと思った。

ピタリと唐十郎の目線につけられた梶山の剣尖には、そのまま突いてくるような威圧があり、その体が遠く感じられた。剣尖の威圧が、間合を遠く見せているのである。

唐十郎は威圧に耐えながら、間積もりと敵の斬撃の気配を読んだ。鬼哭の剣は抜きつけの一刀を逆袈裟に斬り上げ、敵の首筋を切る技である。正確な間積もりと、敵の太刀筋を読むことが鬼哭の剣の命であった。

ふたりの間合がジリジリとつまっていく。それにつれ、梶山の全身に気魄が満ち、その構えがさらに大きくなったように見えた。

時のとまったような静寂が辺りを支配していた。痺《しび》れるような剣気がふたりをつつみ、緊張がさらに高まっていく。

ふいに、唐十郎の全身に斬撃の気が疾《はし》った。一足一刀の斬撃の間境より、半間ほども遠い。鬼哭の剣はこの遠間から跳躍しざま抜刀し、逆袈裟に斬り上げるのである。

一瞬、梶山の身が硬くなった。遠間からの突然の仕掛けに、逡巡したのである。が、それはほんの一瞬だった。すぐに、梶山の全身に斬撃の気が疾った。

刹那《せつな》、唐十郎が跳躍した。

間髪をいれず、梶山の体が躍動した。

イヤアッ！

裂帛《れっぱく》の気合とともに青眼から唐十郎の真っ向へ。梶山の切っ先がするどく伸びた。

だが、一瞬の逡巡が梶山の斬撃を遅らせ、しかも真っ向への斬り込みは唐十郎の読みどおりだったのである。

唐十郎の切っ先は、梶山が刀身を振り上げた瞬間をとらえて、首筋を撥ねるように斬っていた。鬼哭の剣は片手斬りの上に体を前に倒すために、大きく切っ先が伸びるのだ。

しかも、唐十郎は空中で体をひねり、梶山の斬撃を紙一重の差でかわしていた。

唐十郎は梶山と交差し、間を取ってから残心の構えを八相にとってきびすを返した。

梶山は背をむけたまま つっ立っていた。首筋から血が赤い帯のように噴いていた。血の噴出音が、ヒュウ、ヒュウと物悲しくひびいている。まさに、鬼哭の音である。

梶山は血を撒きながら、いっときつっ立っていたが、ふいに体が揺れ、朽ち木のように倒れた。倒れた梶山は身動《みじろ》ぎもせず、呻き声ひとつ洩らさなかった。立ったまま絶命していたのかもしれない。

「唐十郎さま……」

咲が駆け寄ってきた。いくぶん顔がこわばっていたが、唐十郎にむけられた目には安堵の色があった。ほっとしているようだ。

唐十郎は倒れている梶山の袖口で、祐広の血糊をぬぐって納刀した。

「長居は無用」

唐十郎は歩きだした。

春の夜陰がふたりをつつんでいた。人影のまったくない通りである。咲は唐十郎に寄り添うように跟いてくる。咲の吐息が、はずむように聞こえてきた。

4

「唐十郎さま、そこに立ってみてくださいな」

咲がささやくように言った。

薄い鼠地《ねずみじ》に八重桜の散らし模様の小袖、裾から紅色の襦袢が覗いている。色白の咲によく似合っていた。落ち着いたなかにも、女らしい色香がただよっている。

咲は亡き父の着物を仕立て直したと言って、縞柄の単衣《ひとえ》の着物を持参した。そして、着物の身丈《みたけ》を合わせてみると言って、唐十郎を立たせたのである。

「ちょうどいいようですよ」

咲は着物を唐十郎の背に合わせながら嬉しそうに言った。

「すまぬな」

唐十郎は礼を言って、畳に腰を下ろした。そして、咲が単衣を畳むのを見ながら、

「ところで、岸山はどうなった」

と、声をあらためて訊いた。

唐十郎が梶山を斬ってから、半月ほど経っていた。この間、唐十郎は横尾に一度だけ会

い、野須や相模屋甚左衛門の詮議の様子を聞いていた。それによると、当初自白をこばんでいたが、まず番頭の盛造がしゃべり、つづいて野須と甚左衛門が口を割ったと聞いていた。

横尾の話によると、相模屋は幾つかの大名の米や特産品の廻漕《かいそう》を請け負っていたが、藩財政逼迫《ひっぱく》の影響で利益が思うように上がらなくなった。そのため、幕府との取引きを重視し、幕府御用達《ごようたし》として付き合いのあった岸山に近付いたという。

まず、相模屋は賄賂《まいない》を使って岸山を籠絡《ろうらく》し、幕府の造営修繕の資材の調達などにかかわり、実際より高く見積もってその差額の一部を岸山に、そして大部分を御側衆の相馬に渡していた。目的は相馬の力で幕府の普請にかかわる諸資材や米粟の舟運を一手に請け負うことにあった。幕府の荷を一手に扱うことで、大名家にも顔が利くようになり、廻船問屋としての商いがひろがるとみたのである。

相模屋は相馬に渡す賄賂を調達するために、岸山と結託して多額の不正金を捻出した。

ここまで調べたところで、横尾は甚左衛門、盛造、野須の口書きを取り、御目付の杉浦にすべてを報告した。

杉浦はただちに岸山を捕らえて吟味を開始した。その結果、岸山は相模屋が捻出した金で相馬に取り入り、御勘定奉行への栄進を望んでいたことが分かった。

また、相馬自身も相模屋や岸山から得た金で、井伊をはじめとする溜間詰の大名に取り入って対立している駒田を押さえて、老中や若年寄にも並ぶ権力のある御側御用人の座を射止めようと目論んでいたのである。

さらに、岸山と誅殺組のかかわりも判明した。岸山と相模屋は御目付の杉浦と勘定吟味役の世良が手を組み、岸山の不正を探索し始めたことを知って危機感をもった。そのようなおり、岸山は江戸に出没する辻斬りや御用盗などに目をつけた。かれらの仕業に見せかけて、探索にあたっている幕臣を暗殺しようと考えたのである。

そのとき、岸山は懐刀《ふところがたな》として信頼していた用人の千草から、千草の同門だった梶山が不遇をかこっている話を聞いた。そこで、千草に命じ、梶山たちに暗殺を頼むことにしたのだ。ただ、岸山自身で動くことはできなかったので、その宰領役を千草に命じた。

だが、簡単に暗殺することはできなかった。岸山の不正の探索にあたっている勘定吟味方改役の者や御徒目付などを斬れば、すぐに岸山や相模屋の息のかかった者と知れてしまう。そこで、誅殺組を名乗らせ、幕政に不満を持つ牢人や脱藩者の仕業と見せかけたのである。

「なぜ、駒田家の者を味方に引き入れたのだ」

唐十郎が横尾に訊いた。

「岸山は初めから杉浦さまと世良さまの背後に、駒田さまがいると知っていたからだ。駒田さまに目をひからせていれば、相手の動きがつかめると読んだのだろうな。それに、岸山の片腕だった用人の千草と野須は知り合いだったようだ。屋敷が近く、同じ旗本に仕える身ということもあって、行き来があったらしい。もっとも、野須を内通者にしてからは交際を断っていたようだがな」

「やはり、金か」

「金にくわえ、いずれ幕臣に推挙するという話があったらしい」

「そうか」

おそらく、千草にも同じような約定《やくじょう》があったのだろう。

唐十郎は梶山の口にしたことを思い出し、誅殺組の男たちも同じような餌《えさ》で踊らされたのだろうと推測した。

咲が、唐十郎の方に顔を上げて言った。

「まだ、沙汰はありませんが、切腹、あるいは斬首ということになるかもしれませぬ」

咲によると、岸山は普請の調達にかかわる不正だけでなく、誅殺組を陰で動かし、何人もの幕臣を斬殺した咎があるので重い沙汰が下されるはずだという。

「相模屋は？」

「あるじの甚左衛門と番頭の盛造は、死罪ということになりましょう」

死罪は庶民の刑で、斬首の上、死体は試し斬りにされる。

「相馬や掃部守はどうなるな」

「相馬さまにも何か沙汰がありましょうが、ただ、岸山と相模屋から多額の賄賂《まいない》を得ていたということしか判明しませんから、たいしたお咎めはないと……」

咲は言葉を濁した。そこから先のことは咲にも分からないのだろう。

「そうか」

井伊掃部守直弼のことは、あえて聞き直さなかった。相馬まで手が伸びるかどうか分からないという状況で、井伊にまで沙汰が及ぶとは思えなかったからだ。

「わたしたちは、ご公儀の裁断にまで口をはさむことはできませぬ。ただ、伊勢守さまのお指図どおりに動くだけでございます」

咲が視線を落として小声で言った。

「うむ……」

それは、唐十郎とて同じことだった。

此度の騒動で死んでいった多くの者たちも同じであろう。唐十郎の脳裏に誅殺組のことがよぎった。梶山も河合も剣の達者であったが、権力者に利用されただけで報われることなく死んでいった。それが剣客の宿命とはいえ、死体も葬られることなく野辺に打ち捨てられたままであろう。

——おれの行く末も同じだ。

己の異名が野晒であることを思い出し、唐十郎は苦笑いを浮かべた。

「唐十郎さま、何か」

咲が唐十郎の顔に浮いた苦笑いを見て訊いた。何か思い出して微笑んだように見えたのかもしれない。

そのとき、唐十郎の胸に咲と所帯を持って刀の目利きでもして質素に暮らすのも悪くないかもしれない、との思いがよぎった。

「い、いや、こうして咲がそばにいると、独り身であるような気がしないのだ」

唐十郎は、めずらしく口ごもりながら小声で言った。

咲は唐十郎の顔を見て何か言いかけたが、恥ずかしげに頬を赤らめ、視線を膝へ落としてしまった。膝の上には折り畳んだ唐十郎の縞柄の単衣が大事そうに載せてあった。

一〇〇字書評

切り取り線

購買動機（新聞、雑誌名を記入するか、あるいは○をつけてください）	
□（　　　　　　　　）の広告を見て	
□（　　　　　　　　）の書評を見て	
□ 知人のすすめで	□ タイトルに惹かれて
□ カバーが良かったから	□ 内容が面白そうだから
□ 好きな作家だから	□ 好きな分野の本だから

・最近、最も感銘を受けた作品名をお書き下さい

・あなたのお好きな作家名をお書き下さい

・その他、ご要望がありましたらお書き下さい

住所	〒				
氏名		職業		年齢	
Eメール	※携帯には配信できません		新刊情報等のメール配信を 希望する・しない		

この本の感想を、編集部までお寄せいただけたらありがたく存じます。今後の企画の参考にさせていただきます。Eメールでも結構です。

いただいた「一〇〇字書評」は、新聞・雑誌等に紹介させていただくことがあります。その場合はお礼として特製図書カードを差し上げます。

前ページの原稿用紙に書評をお書きの上、切り取り、左記までお送り下さい。宛先の住所は不要です。

なお、ご記入いただいたお名前、ご住所等は、書評紹介の事前了解、謝礼のお届けのためだけに利用し、そのほかの目的のために利用することはありません。

〒一〇一－八七〇一
祥伝社文庫編集長　坂口芳和
電話　〇三（三二六五）二〇八〇

祥伝社ホームページの「ブックレビュー」からも、書き込めます。
http://www.shodensha.co.jp/bookreview/

祥伝社文庫

必殺剣虎伏《ひっさつけんとらぶせ》 介錯人《かいしゃくにん》・野晒唐十郎《のざらしとうじゅうろう》

平成19年 4月20日 初版第1刷発行
平成23年11月20日 第4刷発行

著者 鳥羽《とば》 亮《りょう》
発行者 竹内和芳
発行所 祥伝社《しょうでんしゃ》
東京都千代田区神田神保町3-3
〒101-8701
電話 03（3265）2081（販売部）
電話 03（3265）2080（編集部）
電話 03（3265）3622（業務部）
http://www.shodensha.co.jp/

印刷所 堀内印刷
製本所 積信堂

Printed in Japan ©2007, Ryō Toba ISBN978-4-396-33346-1 C0193